死の森の魔女は愛を知らない

浅名ゆうな

富士見L文庫

CONTENTS

The witch of the forest of the death
does not know the love.
Yuuna Asana

ウェントラース国を東西に分かつようにして存在する、広大な森。

一度足を踏み入れれば抜け出せないと言われ、畏怖《いふ》を込めて『死の森』と呼ばれている。

獣さえ迷う深い森には、ある魔女が棲《す》んでいた。

偏屈で人嫌い。ただし、腕だけは確か。


森を深く分け入った先の、さらに奥の奥。

ねじくれた太い幹が特徴的なネズの木を見つけたら、それが魔女の棲家《すみか》の目印。

第一話　善き魔女と春告げの花嫁

厳寒の季節。

森は、凍《い》て付く寒さに包まれていた。

冬枯れの木々が空へと枝を広げているため、重く立ち込める雪雲さえ見えない。どこまでも続く薄暗い景色はまるで、森が死に沈んでいるようだ。

全てを薙《な》ぎ払おうとする暴風に雪片が混じり、視界が白く染められていく。ごうごうと唸《うな》りを上げる風は、救いを求める亡者のうめき声のようでもあった。

この森で散った憐《あわ》れな魂が、危険を報《しら》せているのだろうか。

『死の森』に入ってはならない。これ以上進めば帰れなくなる。

それでも青年が足を止めることはない。

ザクザクザク、ザク。

無心で進んでいく彼には、恐れといった感情すらなかった。

何も感じることができない。ただ、楽になりたい。

そのくせ家族に固執して、今いる場所を飛び出すこともできないのだ。
新しい居場所を探す勇気も、血の繋《つな》がりを切り捨てる覚悟もない。
雁字搦《がんじがら》めだった。
あぁ、でも。
もしできることなら、どうか。
どうか――。
横殴りの風雪が、突如止《や》んだ。
不思議に思い辺りを見ると、満月を背に立つねじくれた大木が目に付いた。
ネズの木だ。吹雪のせいか全く気付かなかった。
――それを言ったら、先ほどまで月すら望めなかったはずだが……。
灰色がかった幹に触れながら、青年はふと背後を見遣《みや》る。
暗い空にのんびり、煙突の煙がたなびいていた。
近付いてみれば、つつましい家屋が見えてくる。
ほとんど森小屋のような佇《たたず》まいだ。
無人ではないと分かるのは、四角い窓に暖炉の赤々とした火が揺れているから。
ここが、魔女の棲家なのだろうか。

半信半疑ながらも、青年は導かれるように木製の扉を叩《たた》いた。

「……一体、何の用だい？」

立て付けが悪いのか、軋《きし》んだ音を立てながら扉がゆっくりと開く。

現れた魔女は、陰気な黒のローブに全身を包んでいた。

目深にかぶったフードのため、不気味な笑み以外は判然としない。年齢も窺《うかが》い知れないが、声音と話し方は落ち着いていた。

「あんたの目には、ここが食堂にでも見えたのかねぇ。こんな時間に人を訪ねようなんて非常識な人間だよ」

嫌みをぶつけられた青年は、言われてようやく夕食時であることに気付いた。

魔女の棲家からは薬草の独特な香りに混じって食欲をそそる匂いが漂っていて、吹雪の中を彷徨《さまよ》っていた青年は途端に空腹を思い出す。そういえば、まともな食事にありつけたのは何日前のことだったか。

「食事中とは知らず失礼した。俺は、ゼルクトラ・ウェントラースという。お前は噂《うわさ》に高い、伝説の魔女だろうか？」

伝説の魔女。

それは、『死の森』に棲まう魔女への、畏怖と尊敬を込めた呼称だ。

ウェントラース国は、『死の森』を挟んで東西に分断されている。

五年前に十二人の盟主達が独立国家として声明を出してから、国内が君主制と民主制で真っ二つに割れており、便宜上西側がウェントラース王国、東側はウェントラース共和国と呼ばれていた。

現在に至るまでに不可侵と不可譲の約定が成立し、両国間の関係は落ち着いている。その大きな要因は『死の森』にあった。

当時、突然王国からの独立を宣言した独立派と、王国首脳陣との話し合いは再三にわたり行われたが、そのたび決裂に終わっていた。

次第に緊張が高まっていき、今にも戦争が起こるのではと国民達に不安が伝播《でんぱ》しはじめた時——『死の森』があり得ない速度で面積を広げ出した。元はウェントラース国のごく一部にすぎなかったのに、国土のおよそ三分の一を覆い尽くすほどまでに。

するど、不思議な現象が起こった。

昨日までの隣家が、突然『死の森』を挟み遠く隔たれた場所に移動していたのだ。まるで『死の森』から締め出されるように。

一つであったはずの国が、政治的のみならず物理的にも分断されてしまった。

もちろん国民は動揺した。

森を迂回《うかい》し海を渡るか、隣国イェールガ公国との国境沿いにあるシュヴァルナハト山脈を越えなければ、互いに行き来ができなくなったのだから。

けれど、戦争をしている場合ではなくなった。

途方もなく広がった森のおかげで、一時的に争いは収まったのだ。

不本意な戦いを強いられずに済むことに、国民は感謝さえした。

以来『死の森』は人々から恐れられ、同時に称《たた》えられるようになり、森を広げたとされる魔女は伝説とまで呼ばれるようになったのだった。

息を凝らして答えを待つゼルクトラを、魔女はさもおかしげに笑った。

「ヒッヒッヒ、こりゃ愉快だ。ウェントラースといえば、西ウェントラースを統治している王族じゃないか。お目にかかれて光栄だとでも言った方がいいのかねぇ？」

笑っているのに、魔女のまとう空気が急速に冷えていく。

「――だが、口の利き方には気を付けた方がいい。伝説の魔女を初対面で『お前』呼ばわりした日には、すぐさま蛙《かえる》に変えられてしまうかもしれないからね」

奇妙な静けさを帯びた声音は、底が知れない。

老獪《ろうかい》で、何もかもを見通すかのような迫力。

未知のものと対峙《たいじ》する恐怖が、ゼルクトラの背筋を駆け抜けていく。

それを面に出さないようねじ伏せ、慎重に口を開いた。

「……初対面で『お前』というのは、確かに無礼だった。以後気を付けよう。先ほどの口振りから察するに、魔女殿は伝説の魔女ではないのだな」

「だとしたらどうする？　回れ右しておうちに帰るかい？」

何も答えずにいると、相手をするのも飽きたのか、魔女は鼻を鳴らして背中を向けた。

「辛気臭いったらありゃしない。いつまでもそこに突っ立っていられても迷惑だよ」

ゼルクトラは唇を噛《か》んで俯《うつむ》いた。

どんなに馬鹿にされようと、応《こた》えようがないのだ。

寒々しい王宮に、帰る場所などない。

「そもそも私や、王族が嫌いなんだ」

「……すまない」

「税金で何不自由のない暮らしをしているくせに、国民を見下して。労働の辛《つら》さも知らずぬくぬくと守られて、全くいいご身分さ――……」

皮肉を最後まで聞き続けることは、できなかった。

先ほどからやたら重く感じていた体から力が抜け、ゼルクトラは床に倒れ込む。板敷に頬をぶつけたのに、痛みはあまり感じなかった。

耳障りなほど大きな自らの呼吸と、引き絞られるように痛む頭。それでいて不思議な浮遊感があり、ゼルクトラは体の不調を自覚する。

霞《かす》む視界の中、魔女がゆっくりと屈《かが》むのがかろうじて分かった。

「せっかくここまでたどり着いたのに、運が悪かったねぇ。何か願いごとがあったんだろう？　まぁ、今となっては知りようもないが」

朦朧《もうろう》としていても、魔女の毒々しい笑い声ははっきりと聞こえる。

「ヒッヒッヒ。王族の生き血とは、いい秘薬の材料が手に入った」

あぁ、このまま殺されるのか。

されど未練は湧かず、ゼルクトラの意識はプツリと途切れた。

◇◆◇

「はぁ、本当に困るわよね。素性は分かっていることだし、さっさと王宮まで送り返しちゃえばいいんじゃない？」

「リコリス……あなた単に、面倒になっただけでしょう」

「というかこれ、本当に王族？　絵本に出てくる王子様は、こんなに辛気臭くないわ」

「西ウェントラース王国の国王には、体の弱い兄がいると記憶しております。おそらく彼はその王兄でしょう。栄養と睡眠の不足以外に問題はないので病弱とは言えませんが、もし国王であれば従者の一人もなく『死の森』をうろつくはずはありませんから」

枕元で交わされる話し声で、ゼルクトラの意識はゆっくりと浮上していく。

硬いベッドで寝ていたようで体の節々が痛い。

けれど白いシーツと布団は清潔で、ほのかに爽《さわ》やかなハーブの香りがした。

窓の外は暗い。

見上げる天井には、麻ひもに吊《つ》るされた様々な植物がところ狭しとぶら下がっていた。

室内のはずが、まだ鬱蒼《うっそう》とした森の中にいるように錯覚する。

僅《わず》かに視線を動かすと、香炉やボウル、すりこぎなどで散らかったテーブルが目に付いた。その向こうの竈《かまど》には、大きな黒い鉄鍋《てつなべ》が見える。

壁面を覆うほどの薬棚は、正方形の小さな引き出しの一つ一つに細かな彫刻が施されている。隣の棚には、簡素な小瓶に詰まった色とりどりの液体。

あれが、魔女の秘薬というものだろうか。

エメラルドやトパーズ、トルマリンのように澄んだものもあれば、黒真珠のように虹色《にじ》の輝きを内包しつつ光を透過しないものもある。いかにも魔女の棲家《すみか》といった感じのおどろおどろしい雰囲気だが、不思議と嫌悪感はない。

そして、窓際に一人の女性がいた。

赤というよりオレンジに近い髪が豊かに波打ち、ぱっちりと大きな金色の瞳《ひとみ》がランタンの明かりを弾《はじ》いてきらめいている。愛嬌《あいきょう》のある丸い頬と、少し低い鼻。活発そうな雰囲気から、子ども時代を脱しきれていない少女らしさを感じた。

黒いローブ姿をまじまじと観察していたら、ふと目が合った。

そのまま漫然と時が過ぎる。

動くことも口を開くこともできなかったのは、彼女が一気に青ざめ、全身をわなわなと震わせていたからだ。

「ギャア――――――ッ！」

『死の森』を震わすほどの悲鳴が、魔女の棲家に響き渡った。

◇　◆　◇

思えばリコリスは、昨日の朝からついていなかったのだ。

朝食のパンケーキにのせる木イチゴジャムがきれていたし、調薬中に考え事をしていたせいで危うく鍋底を焦げ付かせるところだったし。

　仕事をする気分になれなくて昼から飲酒をはじめたら使い魔に嫌みを言われるし、その後もめげずに飲み続けていたのに楽しい気分を台無しにするような来客があったし。面倒を見ろと言わんばかりに目の前で倒れられるし。

　本当に散々だったのに、この上まだ不運が重なるとは思わなかった。

　ゼルクトラと名乗った青年は、調薬室の仮眠用ベッドに寝かせていた。

　おとぎ話に出てくる姫君のように昏々《こんこん》と眠り続けていたから、リコリスはすっかり油断していたのだ。他人が近くにいるというのにフードを外していた。

　素顔を、余すところなく見られた。

　これ以上の不幸があるだろうか。

「……見た？」

　フードを素早くかぶり直すと、探るように訊《たず》ねる。

　リコリスは自分の瞳の色が嫌いだ。

　金色に光る瞳は、闇夜に生きるものの証《あかし》。

　一目で魔女と分かるため、昔から蔑視《べっし》の対象だったのだ。

　ゼルクトラは少々面食らったようだったが、すぐに配慮を見せた。

「よく分からないが、触れられたくないことがあるならば触れないでおこう」

力強く請け合ったくせに、彼はそこでふと首を傾げる。

「それにしても、思っていたより若いな」

「って、思いっきり触れてんじゃないのよ！　そもそも私はまだ十九歳です！」

声を荒らげつつ、リコリスは怯《おび》えられないことに内心安堵《あんど》を覚えていた。

金色の瞳に気付いていれば、ここまで平静でいられるはずがない。きっと彼には忌まわしい色が見えなかったのだろう。

「口調まで変わっているのは、なぜなのだ？」

「だ・か・ら、あんたにはデリカシーってもんがないわけ!?」

ほとんど反射で言い返していると、宥《なだ》めるように肩を叩《たた》かれた。

「落ち着いてください、リコリス。相手は病人ですよ」

苦笑するのは、サラサラとした白髪と金色の瞳を持つ年端もいかない子どもだ。白すぎるほど白い面の瑞々《みずみず》しい美少年だが、老いさらばえた者特有の達観した雰囲気がある。

彼はゼルクトラに視線を移すと、柔らかな笑みを浮かべた。

「おはようございます。あなたは、ほぼ一日中眠っておられたのですよ。無事に目覚めて本当に何よりです」

「こちらこそ、看病と献身に心から感謝する」

思い出したように感謝を口にされ、リコリスの頬は引きつった。

「ちょっと。まずは私に礼を言うのが筋ってものじゃない？」

「リコリスの挙動が不審すぎて、機会を逸していたのでしょう」

「あんたはあんたで本当に失礼ね。その態度でも務まるなら、使い魔の役割っていうのはずいぶん簡単なんでしょうよ」

嫌みに嫌みで応戦していると、ゼルクトラが目を瞬かせた。

「使い魔……魔女が使役する生きもののことだな。想像上の存在だと思っていたが、まさか実在するとは。……蛙やコウモリ、黒猫というイメージだが、人もあり得るのだな？」

少年は一瞬で対外的な笑みに戻り、頭を下げる。外面はいいのだ。

「ご挨拶《あいさつ》が遅れました。彼女が『死の森』の魔女リコリス、そして私は使い魔のノアと申します。おっしゃる通り、こう見えて私もフクロウなのですよ」

冗談か本気か区別の付かない発言は、彼をからかってのものだろう。『魔』と付くものの性《さが》なのか、特に理由もなく人を惑わそうとするなど、扱いに困る使い魔なのだ。

リコリスは視線で窘《たしな》めると、ゼルクトラの問いを雑にあしらった。

「魔女がいれば使い魔もいるし、妖精《ようせい》や精霊だっている。それを疑わしいと思うならさっさと帰りなさい。いちいち驚かれるのも説明するのも煩わしいわ」

腕を組み替えながら、言葉もない様子の彼を鼻で笑う。

「何よ。王族だから特別扱いしてもらえるとでも思った？」

「いや、やはり口調の変化が気になるなと……」

「あんた本当にお願いだから帰ってくれない⁉」

素を知られたからには、今さら演じるのも恥ずかしい。

嫌な男だ。つくづく運がない。

「秘薬を求めて来た客人に応対する時、リコリスは自分の祖母を真似ているのです。その方こそが、今は亡き伝説の魔女エニシダですよ」

「ちょっと、ノア⁉」

「では私は、胃腸に優しいパン粥《がゆ》を作ってまいりますので」

かき回すだけかき回して、ノアはにこやかに席を立った。

せめて自分の夕食も用意するようにと言いつけてから、リコリスは改めてゼルクトラを観察してみる。

おそらくは二十代前半くらいだろう。耳にかかる程度で整えられた漆黒の髪と、ガラス細工のように繊細な色合いをした青灰色《せいかい》の瞳。端整な容貌《ようぼう》と労働を知らない体躯《たいく》は、いかにも育ちがよさそうだ。身を包む衣類も上等なもの。

けれど彼には、隠しきれない陰鬱《いんうつ》な雰囲気が漂っていた。

まるで、世界の全てを憎んでいるような。ここに来る者ならば珍しくもない荒《すさ》んだ目付きだが、身なりの良さからはひどく浮いている。目の下のくまも目立った。

ゼルクトラは、ノアの言葉など聞いていなかったかのように虚空を見つめている。

厭世《えんせい》感が彼を人形めいた印象にしているのかもしれない。茫洋《ぼうよう》とした眼差《まなざ》しは、室内を観察しているようでも、伝説の魔女に思いを馳《は》せているようでもあった。

「今は亡き……伝説の魔女は、亡くなっていたのだな」

「五年前にね」

「そして魔女殿は、伝説の魔女の身内であると。そうとは知らず、たいへん失礼した。お悔やみ申し上げる」

ベッドの上で綺麗《きれい》に頭を下げられ、調子が狂ってしまう。

というか彼は王族のわりに、あっさり謝罪しすぎではないだろうか。

妖精や精霊についての発言にも驚く様子はないし、逆に興味を持つ素振りもない。

普通の対話なら得られるはずの反応が一切なく、彼の中に全て吸収されていくかのような手応《てごた》えのなさ。とりあえず、変わっているのは確かだろう。

リコリスは不本意さを隠しもせず、ベッドサイドの椅子に座った。

「話す元気があるなら、さっさと聞かせてもらいましょうか。あんたが何を求めてここまで来たのか。まぁ、どんなに報酬がよくても気が向かなきゃ引き受けないけど」

ゼルクトラは、意外そうに目を瞬かせた。

「何を、求める？」

「望みがあって、『死の森』の魔女を訪ねたんでしょう？　一度足を踏み入れれば抜け出せないと言われている『死の森』に寄り付くのなんて、命知らずの愚か者か、訳ありの切羽詰まった者ばかりよ。それでもここにたどり着けるのは、強い願いを持つ者だけ」

それは、妖精が惑わしの魔法をかけているためだ。

空間の繋《つな》ぎ目になっているのは、リコリスの棲家の程近くに生えているネズの木。そのためここにたどり着けるのはほんの一握り、何かを強く望む者だけなのだが、そこまでの詳細を語る気はない。

本人の代わりに使いを寄越す貴族もいるが、命を惜しんで怖気《おじけ》づいた者の話など聞くに値しないとリコリスは考えている。

その代わり、危険も顧みずここにたどり着いた者の話は、たとえ相手が何者であっても必ず聞くことにしていた。どんなに嫌いな王族でも。

「さぁ、教えて。あんたも何かを強く求めたはずよ」

「何か……そうだな。では、無味無臭で苦しまず死ねる【毒薬】でも売ってもらおうか」

「【毒薬】ねぇ。暗殺でも計画しているわけ？」

ゼルクトラが王兄であることはノアが推測していた。

本来であれば長子が王位に就くはずだが、体が弱いことを理由に彼の弟が現在の国王となっている。見たところ病弱な様子は一切ないにもかかわらず、だ。おそらく、その辺りのきな臭い事情が関わっているのだろう。

眠りについている間、ゼルクトラは時折うなされていた。

彼を取り巻く環境がどのようなものか、リコリスは知らない。知らないが、『死の森』の魔女を頼ろうという時点で後ろ暗い欲望があることは分かっていた。ここを訪ねて来るのはそういう者ばかりだ。

――本当に身勝手な……。

半ば怒りすら覚えながら返答を待っていると、ゼルクトラは淡々と首を振った。

「いいや、自分用だ」

「……はい？」

ポカンとするリコリスをしり目に、彼は身の上を明かしていく。

「俺は、表向きは正妃の長子となっているが、現国王とは異母兄弟にあたる。実際は亡き先王陛下と、その実妹との間に生まれた禁忌の子だ」

「え。ちょっと待って。あんたそれ、そんな簡単に暴露していい話なの？」

「まずは包み隠すことなく、事情を打ち明けねばならないだろう？」

「それはそうだけど……」

驚いている隙に色々放り込まれ、頭が追い付かない。

血の繋がった者同士の結婚は法律で禁じられているし、根源的な忌避感が伴う。それを先王陛下と実妹が破っていたなんて、とんでもない醜聞だ。

なぜ彼は、天気の話でもするかのようにあっさり打ち明けたのか。そしてなぜこちらが気遣わねばならないのか。

リコリスはだんだん馬鹿らしくなってきて、眉間《みけん》をほぐしながら続きを促した。

ゼルクトラは、王宮の片隅で母親と密《ひそ》やかに生きていたという。

その母は十年前に、そして彼に無関心だった先王陛下は三年前に亡くなった。

途端に正妃、現王太后から廃嫡を言い渡され、腹心と呼べる部下も友もなく、今の年齢になるまで他人との接触はほとんどないまま過ごしてきた。

「目下の悩みは、王太后に命を狙われていることだな。よほど恨まれているのだろうが」

昔から疎まれていたから、先王陛下が亡くなればこうなるだろうとゼルクトラは予期していた。だからこそ、周りの助けがなくても生きていけるよう育てられたのだ。

だが、暗殺者が深夜に送り込まれたり、食事に毒が盛られたりといったことが日常的に起きる。三年間だ。ゼルクトラの体力と精神力は限界に近かった。

「だから、突然倒れたのね……」

「あぁ、魔女殿と使い魔殿には迷惑をかけてしまったようだ。本当に感謝している」

あっさりと謝意を告げられ、リコリスは言葉もなかった。

周りの者に命令すれば何でも手に入るはずの王族なのに、リコリスの棲家《すみか》までたどり着けたのも、独力で生きていけるようにという教育の賜物《たまもの》だろうか。だとしたら、方向性が激しく間違っている気がする。

「楽に死ねる【毒薬】が欲しいのは、懐に忍ばせておけばいつでも自分の意志で死ねるからだ。王太后の思惑にのって殺されてやるつもりはないが、あれば安心だろう？」

それは悲愴《ひそう》な安らぎであり、覚悟でもあった。

彼の歩んできた道は、リコリスがあげつらった王族とは何もかも違う。

リコリスとて、決して平坦《へいたん》な人生だったわけではない。

乳飲み子の頃に両親を亡くし、彼らの顔も覚えていない。祖母が引き取ってくれたけれど、不便な森での暮らしは苦労もあった。

けれどリコリスは知っている。

四季を通じて得られる実りに感謝を捧《ささ》げ、自然と触れ合う素晴らしさを。身近な誰かの温もりが、どれほどかけがえないかを。

彼のように生への執着を手放すなんてとてもできない。その境地に至るまで、一体どれほどの絶望を味わったのか。

ゼルクトラは自嘲《じちょう》ぎみに笑った。

「確固たる信念をもって、『死の森』に踏み入ったわけではない。煩わしい全てから、俺はただ逃げたのだ。……自死もまた相応《ふさわ》しい最期だろう？」

リコリスは彼の暗い笑みを見つめながら、頭の中で言葉を選ぶ。

「――魔女の秘薬は、簡単には売れないわ」

秘薬というのは、医師が処方する薬とは決して同質ではない。

もちろん薬草自体にも効力はあるが、その性質は呪術《じゅじゅつ》に近いのだ。使用方法や用量を守らなければ間違って作用することもある。

強すぎる薬は良くも悪くも人生を変えるため、どうしても慎重にならざるを得ない。

祖母は、薬を売った相手に対し責任を負う必要はないと説いた。秘薬に運命を動かす力はあれど、使うのは個人の判断だからと。優しくも厳しい人だった。

そう。慎重に考えるのだ。

リコリスは乾いた唇を湿らせながら続ける。

「でも、なぜ独立闘争が起きたのかを教えてくれたら……考えてあげてもいい」

現在東ウェントラース共和国を共同統治しているのは、十二人の盟主だ。

独立闘争は、イェールガ公国との冷戦が和解で終わった直後にはじまった。国民のほとんどが、盟主達の決起した理由を未《いま》だに知らないでいる。

固唾《かたず》を呑《の》んで見守る先、ゼルクトラが口を開いた。

「すまないが――何も知らないのだ。先ほども話したように、俺は疎まれていた。政治への口出しなどもっての外。五年前の独立闘争でもし内紛が起きていたら、真っ先に最前線へと追いやられていただろうな」

「……そうなの」

肩から力が抜けるのを感じながら、リコリスはそっと息を吐くように返す。

その時、ノアが食事を運んで戻って来た。

「リコリス、外に人の気配が近付いています。私がゼルクトラ様についておりますから、あなたは応対をお願いします」

「いや私だって、夕食がまだなのに……」

ゼルクトラのものだろうミルクパン粥《がゆ》の他にも、使い魔は食事を用意していた。

茹《ゆ》でた鶏《とり》むね肉をクリームチーズと生クリームで和《あ》え、白ワインビネガー、ベルトラムやガランガーなどのハーブで風味付けしたもの。

こんがり焼けたメバルは、バジルとニンニク、レモンで爽《さわ》やかに仕上げられている。グリュイエールチーズと野菜のキッシュには、ナツメグやフェンネルシードが使われていた。

スパイスやハーブがたっぷりと使われているのは、家の南側に薬草園があるからだ。

食欲を刺激する匂いに、つい恨めしい気持ちになる。

「あんたって悪魔だったの？　こんなにおいしそうなものばかり用意しておきながら、客の相手をしろだなんて……」

「悪魔ではなく使い魔です。三日にあげず来客があるなど、非常に珍しいですよね。頑張ってくだされば、その分早く食事ができますから」

やはり使い魔は悪魔でしかないようだ。

切り替える以外選択肢はなく、リコリスはお腹を押さえながら立ち上がる。

ドアノブを摑《つか》んだところで、ふと足を止めた。

「……起き抜けに色々質問して、悪かったわね。あんたは体力が回復したら、もう帰った方がいい。【毒薬】は売らないって決めたから」

不遇にあるとはいえ王族なのだから、金払いはいいだろう。誰かを傷付ける用途でもないようだし、何の問題もないはずだ。

それでも、割り切ることはできない。

目も合わせず告げると、リコリスは様々な思いを振り切るように調薬室を出た。

訪問者は、まだ十二、三歳だろう少女だった。

長く彷徨《さまよ》い歩いたのか、外套《がいとう》やスカートはボロボロの状態。寒さにひどく震えている。

何とかしてやりたいが、リコリスは祖母のような魔女を演じているのだ。どこか超然としていた祖母エニシダならば、手を差し伸べることも同情することもなかったはず。

「まぁ、そこにお座りよ」

せめてもと暖炉に薪《まき》をくべてから、リコリスはテーブルについた。

しばらく経っても少女の震えが収まる様子は見られない。寒さではなく、単純に怯《おび》えられているのだとようやく気付いた。

リコリスは苛立《いらだ》ちの籠《こ》もった溜《た》め息を漏らす。

「いつまで、だんまりでいるつもりだい？」

「ヒッ」

テーブルの向かいに座るあどけない少女は、青ざめた顔で息を呑む。

訪ねてきたのは彼女の方だというのに、全く話にならない。魔女は恐ろしいものと言い聞かされて育ったのだろうが、『死の森』に立ち入る度胸があるならもう少し落ち着いてほしいものだ。幼いとはいえ、それだけ純粋で強い願いを握り締めてきたのだから。

リコリスはもう一度嘆息しそうになるのを堪《こら》え、不気味な笑みで口元を飾った。

「私の噂《うわさ》くらい、聞いたことがあるだろうに。怖がるだけならさっさとお帰り」

脅しをかければ、嚙《か》み締めすぎて赤くなった唇から、少女は細い声を漏らした。

「『死の森』に棲むのは、伝説の魔女。腕はいいけど偏屈で、秘薬の対価として大金をふんだくる。あなたの噂は知ってます。……だからこそ、話すのが怖いんです。ここまで来て薬が手に入らなかったらと思うと」

未《いま》だにこうして伝説の魔女を求めて来る者が大半なので、祖母を真似ているという側面はある。偉大すぎるがゆえの弊害だ。

とはいえ、彼女が震えていたのは魔女への恐れからではないらしい。

リコリスは返答に満足して笑った。

「ヒッヒッヒ、あんたの覚悟を侮って悪かったねぇ。さぁ、話してごらん」

少女はまず、クレアと名乗った。

そうしてしばらく俯《うつむ》いたあと、意を決したように顔を上げる。

「……人の心を、操る薬が欲しいんです」

【人心を操る薬】、ねぇ。若い娘が欲するには、いささか物騒だ」

まずは理由を聞こうと、リコリスは先を促す。

「私の住む街では、五月祭に『春告げの花嫁行列』をするんです。花嫁役と花婿役に選ばれた子どもが家を回って、卵やチーズ、果物なんかを分けてもらって、その返礼として祝福の花を配るというものです」

五月祭とは、五月の初日、春の到来を祝う祭日だ。

その前日、四月の最終日をベルティンといい、二日間にわたって盛大に祝われる。

ちなみにベルティンの夜はヴァルプルギスという、魔女にとって大切な日。シュヴァルナハト山脈に世界各地の魔女達が集い、夜通し饗宴《きょうえん》が開かれるのだ。

『春告げの花嫁行列』という催しは、おそらく豊穣《ほうじょう》の女神が五月に結婚したという神話に由来しているのではないだろうか。王国の各地で似たような祭りがある。

「ウィリアム……私の幼馴染《おさなじ》み《な》が、花婿役に選ばれてるんです。花嫁役と花婿役は、将来結ばれるっていう言い伝えがあって。──私、どうしても花嫁役になりたいんです。だから、花嫁役を決める村長達か、有力候補に挙がってる子の気持ちを変えたい」

「……ちょっとお待ちよ。あんた、そのウィリアムって坊やが好きなんだろう？」

「は、はい。でも、ウィリアムは格好いいから、みんなに好かれてて……」

「それなら、なぜ回りくどいことするんだい？　手っ取り早く【惚《ほ》れ薬】でも飲ませてしまえばいいじゃないか」

村長達や他の娘達に【人心を操る薬】を使っても、ウィリアムの心が手に入るとは限らない。ならば強引にでも気持ちを変えてしまえばいいのに。

クレアは少し非難がましい表情になり、首を振った。

「彼の気持ちを無理やり変えるんじゃ、意味がないもの」

「そうさ、他人の心を操ったって幸せになんかなれない。その道理が分かっているのに、なぜ魔女の秘薬に頼ろうとするのかね？」

テーブルを指で叩《たた》けば、室内は静まり返った。

暖炉の薪が小さく爆《は》ぜる。

クレア自身、矛盾に気付いているのだろう。握り締めすぎた指先が血色を失っていた。

「ここまで来た度胸に免じて、綺麗《きれい》になる薬なら安価で売ってあげてもいいよ」

コショウとギンバイカの葉を合わせてすり潰《つぶ》し入浴の際に用いれば、そばかすを消し、血色のよい薔薇色《ばらいろ》の肌になる。

これは医師だった父が遺《のこ》した雑録に記載されている薬だ。なので街でも購入できるが、恋を叶《かな》えるお守りくらいにはなるだろう。

リコリスの提案に、彼女は音を立てて立ち上がった。

「そんなおまじない程度の薬のために、こんなところまで来たんじゃないわ！」

「フン。振り向かせるための努力を怠り秘薬に頼るなんて、馬鹿馬鹿しいって言っているのさ。『死の森』に飛び込む気概があるのなら、死ぬ気で落とせばいい」

冷たく言い放つと、リコリスもゆっくりと席を立つ。

「さて、話は済んだようだね。そろそろ夕食にするから帰ってもらおうか」

命がけで訪ねてきた者の話は必ず聞く、というのがリコリスの信条だが、非常識な時間帯の訪問が迷惑なのは紛れもない事実。魔女は休まないとでも本気で信じているのだろうが、いい加減空腹も限界だった。

素っ気なく手を振って追い払う仕草を見せれば、クレアは悔しげに表情を歪《ゆが》める。

「『死の森』の魔女が偏屈って噂は本当なのね！　でも薬を作ってくれないなら、腕がいいって噂の方は疑わしいところだわ！」

挑発めいた中傷も全く意に介さず追い返そうとしたところで、何やら視線を感じた。

調薬室と繋《つな》がるドアがうっすらと開き、そこから二対の瞳《ひとみ》が覗《のぞ》いている。

ノアとゼルクトラ以外あり得ず、リコリスは羞恥《しゅうち》にカッと熱くなった。演技だと知っている相手に祖母を真似るところを見られるなんて、どんな辱めだろう。

すんでのところで怒りを呑《の》み込んだのは、クレアの目があったからだ。ミステリアスな存在を演出してきたのに、ここで印象を壊すわけにはいかない。

——あの二人、あとで覚えてなさいよ……っ。

倒れたばかりなのに安静にしていないゼルクトラにも、それを野放しにしているノアにも文句を言いたい。というか、いつの間に打ち解けているのか。

「——魔女さん。やっぱり私、諦《あきら》めます。ありがとうございました」

色々な衝動を堪《こら》えていると、背中に声がかかる。振り返れば、クレアは慌ただしく帰り支度をしているところだった。

恥ずかしさはあるものの、リコリスはかろうじて演技を続ける。

「いやにあっさり引き下がるじゃないか」

「伝説の魔女の意思を変えるなんて、私みたいな小娘には不可能ですから」

急にしおらしく暇《いとま》を告げる少女を、首をひねりながらも見送る。

そうして、据わった目でゼルクトラ達を振り返った。

「あんた達、いい度胸じゃない」

どすの利いた声に、青年は臆しもしない。

「すまない。皿を片付けようとしただけで、覗き見するつもりは決してなかった」

「王族が食器の片付けなんて、お気遣い痛み入りますわ」

「不思議なものだな。使い魔殿のおいしい料理を食べたら体力が回復した」

「おいしいだなんて。どこぞの主人と違って、嬉《うれ》しいことを言ってくださいますね」

「ノアは黙っていてちょうだい」

茶々を入れてくる使い魔を黙らせ、リコリスは肩で息をつく。

昨日から嫌みが一つも通じないし、何だかどっと疲れた。

「……あんた、変わってるって言われるでしょ？」

「自分が変わっているかどうかなど、考えたこともないな。母が亡くなってからは基本的に一人だったから、比較対象が周りにいなかった」

寂しいとすら感じていないような態度に、リコリスは言葉に詰まった。

先ほど聞いた彼の半生。

まだ大人になりきれていない頃に母親を失い、王宮の奥で息を潜めて。禁忌の子として王太后や王宮中から疎まれながら。

変わっているのではなく、むしろ彼は無知なのだろう。

自分の感情や、他人の心の機微。

愛されて育てば当たり前に身に付いているはずの感受性が、著しく欠落しているように思えた。それこそ善悪を知らない子どものような。

そういえば、表情も出会ってからほとんど動いていない。

——駄目だ。こうしてすぐ感情移入しちゃうところがいけないって、分かってるのに。

ここを訪れる者は、それぞれが何かしらの事情を抱えている。

己の欲望のため、大切な誰かのため。運命を変える力を欲して。

けれど、これほど遣《や》り切れない気持ちになったのは初めてかもしれない。

広い世界を知らないまま、死に安寧を求めるなんて——。

唇を噛み締めるリコリスに、静かに話しかけたのはノアだった。

「リコリス」

「何よ。黙っててって言ったでしょ」

「ですが、先ほどの少女があなたの秘薬を一つ盗んでいきましたよ」

「――はいぃっ⁉」

ノアの言葉が脳に浸透して初めて、棚の薬瓶に注意を向ける。

調薬室に置ききれない薬はリビングに置いていた。

医師が処方する比較的安価なものばかりだけれど、よりにもよって深いサファイア色の秘薬が見当たらない。医薬品に比べ鮮やかな色味だから目に留まったのだろう。

思い返してみれば、魔女相手に嫌みを言うほど薬に執着していたクレアがさっさと帰ってしまった時点で不自然だったのだ。ゼルクトラがいることに気付き勢いを失したのかと思いきや、何とも大胆な犯行だ。

「追いますか？」

「私の秘薬は高いのよ、当然でしょ！　ていうか何でもっと早く言わないのよ⁉」

「黙っていろとおっしゃったので。それに普通の少女の足では、『死の森』を抜けるのに、ゆうに一日はかかりますよ。急がなくてもすぐに追いつきます」

「それは確かにそうだけど、迅速な報告、連絡、相談とは話が別でしょ！」

リコリスは、寒風吹き荒《すさ》ぶ外へと飛び出した。

あとをついて来たノアの体が、陽炎《かげろう》のようにゆらりと歪む。

次の瞬間、彼は純白のフクロウに姿を変えていた。

「本当に、フクロウだったのか……」

目を瞬かせながら呟《つぶや》くゼルクトラに、ノアは翼を片方だけ器用に広げ、お辞儀のような仕草を見せた。

そしてその翼が、体長に不釣り合いなまでに広がっていく。一人くらいなら余裕で運べる大きさで、うっすら茶色の斑点《はんてん》が散る雪白の羽は幻想的ですらあった。

性格に難はあれど実に優秀な使い魔で、彼を背中に負えば自身が翼を得たように自在に飛び回ることができるのだ。街へ用事がある時などにも重宝していた。

すぐさま飛び立とうとしたリコリスだったが、ふとゼルクトラを振り返る。

彼は、暖色の明かりに包まれた室内からこちらを見つめていた。ノアの変化に呆然《ぼうぜん》としているけれど、瞳の奥に淀《よど》むものは少しも消えていない。

自殺願望のあるゼルクトラを置いていくのは心配だった。

リコリスの家には、いたるところに劇薬がある。天井から吊《つ》り下げて乾燥させている薬草ですら、ヒヨスやベラドンナなど知識のない者には危険なものばかり。

置いていくわけにいかないのなら、一緒に連れて行くしかない。

「ノア、ついでにこの男を王宮まで送るわ。一人増えても飛べる？」

「二人までなら何とか。ではリコリス、彼に抱えてもらってください」

「……はい？」

ゼルクトラの肩に移動する使い魔を、ぎこちなく振り返る。フクロウの姿なのに、どこか面白がっているように見えた。

「あいにく、私の小さな肢《あし》では二人同時に摑《つか》むことができませんから」

それもそうだ。

そしてリコリスが長身の青年を抱え続けられるかといえば、体力的に不可能だった。力尽きた瞬間にゼルクトラが墜落死する未来しか見えない。

ならばノアの言う通り、リコリスが彼にしがみつく以外の方法はないだろう。

チラリとゼルクトラに視線を送る。感情が希薄だからか、彼は反論を差し挟むことなく成り行きを見守っている。

初対面の相手に密着するなど抵抗を感じるが、ここはお互い様と割り切るしかない。

リコリスは即座に覚悟を決め、傲然《ごうぜん》とゼルクトラを見据えた。

「悪いけど、あんたも一緒に来てもらうわよ。慣れない内は怖いかもしれないけど、ノアが勝手に飛んでくれるから身を任せて。あんたには私を運ぶという任務を与えます」

「俺も行くのか？」

「私だって不本意よ。でもあんたを信用してもいないの。家の中をうろつかれたら不快だし、また秘薬を盗まれでもしたら堪《たま》らないわ」

肩をすくめると、リコリスは意地悪く片頬をつり上げた。

「言っておくけど、落としたら末代まで呪うから」

「分かった。気を付けよう」

彼は思いの外あっさり了承すると、リコリスの膝裏《ひざ》と背中に腕を回す。疑問を呈す間もなく、次の瞬間には軽々と抱き上げられていた。

「うひゃあッ!?」

これは、俗に言うお姫様抱っこというやつではないか。

おそらく背負われるだろうと想定していたので、完全に予想外だ。いや、それでは翼の動きを阻害してしまうと、内心で突っ込みを入れるリコリスは相当混乱している。

そもそも森に籠《こ》もって暮らしているから、男性に対する免疫がほとんどないのだ。

密着しているだけで何やら意味もなく叫び出したいような気持ちになるし、寒いはずなのに汗まで噴き出しそうだった。

――な、何か温かくて気持ちよくて、雨上がりの森みたいな瑞々《みずみず》しい匂いがほんのり体から……って違う違う！　これじゃただの変質者じゃない！

恥ずかしい思考に、リコリスは自身を叩《たた》き落としたくなった。

そうして地面で思う存分悶絶《もんぜつ》したいところだが、しっかり抱えられてしまっているし、何より動揺を悟られるのは自らの矜持《きょうじ》が許さない。

唇を引き結んで必死に無の表情をしていると、ノアが飛翔《ひしょう》を開始した。

頬に触れる風と雪の冷たさに、全身の燃えるような熱さを自覚せずにいられない。せめてゼルクトラに気付かれないことを祈った。

「本物の王子様にお姫様抱っこされるなんて、夢みたいな展開よね……」

夢だとしたら悪夢でしかないが、現実逃避のためにリコリスは乾いた笑みをこぼす。

「すまないが、正しくは王兄だ」

「真面目か」

ゼルクトラがあまりに平常心なので、逆に冷静になってきた。不安定な状態で空を飛ぶなんて初めてのはずなのに、心が強靱《きょうじん》すぎやしないか。

夜の空は暗かった。妖精《ようせい》に守られた住居周辺では感じられなかった雪の粒が、勢いよく体にぶつかってくる。リコリスはしっかりフードをかぶり直した。

雪雲に覆われた空には星さえ見当たらず、足下に広がる森は大きな一塊の怪物のよう。

けれどリコリスは、死を彷彿《ほうふつ》とさせる冬の森も嫌いじゃない。

死は、再生へと繋《つな》がっている。目覚めの春へと移り変わっていくための、停滞の冬。枯れた木々から感じ取れる命の脈動。

巡る円環の中で、自然と共に生きるのが魔女だ。

月の満ち欠けや、星の動き。古き伝承や知識を大切に守りながら日々を営んでいる。リコリスにとって、森も生活の一部だった。

飽《あ》かず景色を眺めていると、ゼルクトラが口を開いた。

「本当に俺は、このまま何もしなくていいのか？」

「ノアは優秀だから大丈夫よ。ちゃんと彼女の気配を追っているはずだから」

「確かに、ノア殿は優秀だな」

含みのある口振りに、リコリスはジロリと彼を睨《にら》み上げた。

「何よ？　それに引き換え私は何もしてないって？」

「いや、魔女とは、ほうきを使って自ら飛ぶものとばかり思っていたから……」

視線を明後日《あさって》の方に泳がせるゼルクトラだが、言い分はもっともだった。

薬の依頼は断っているし、空を飛ぶのも使い魔任せ。料理にしても全てノアが作ったものだ。彼の前では今のところ何の役にも立っていない。

「魔女はほうきにまたがって空を飛ぶものって思っている人多いけど、間違った知識だからね。【空飛ぶ軟膏《なんこう》】っていう秘薬があって、それを体に塗っているから飛べるの」

軟膏さえあれば、道具はほうきでなくたっていい。

火かき棒や農業用のフォーク、雄山羊《やぎ》や豚に乗る魔女だっている。

ただ今回は全身に軟膏を塗りたくっている時間がないので、ノアを頼らざるを得なかった。リコリスだって働く時は働く。

そうこうしている内に、使い魔が飛行速度を緩めた。少しずつ高度も下がり、目標に近いことが分かる。

密集する枯れ枝の隙間に滑り込むと、ゼルクトラは危なげなく着地した。

果たして、クレアはいた。

目を見開いて足を止める彼女の髪が多少乱れているのは、雪に足を取られて転んだからかもしれない。それほど必死に逃げていたのだろう。

「魔女から盗みを働こうなんて、その大胆さだけは褒めてあげようかね」

再度、老練な魔女のふりをする。

「あんたが『死の森』に来ているなんて、どうせ誰も知らないんだろう？……簡単なことなんだよ、人間を消すってのは」

脅しに竦《すく》み上がりながらも、クレアは視線から隠すように小瓶を握り締めた。その拍子に、深い青の秘薬が波打つ。

リコリスは嘆息すると、ローブのポケットからバジルの小枝を取り出した。

「ほら、これをあげようじゃないか。大人しく秘薬を返せば報復は思い止《とど》まろう」

バジルの小枝を女性から受け取った若者は、その相手を愛するようになると信じられている。摘んだばかりの葉を肌の上で擦《こす》ると、愛を呼ぶ天然の香料ともなるのだ。

けれどクレアは、カッと顔色を変えた。

「だから、おまじないなんて信じないって言ってるじゃない！」

「うるさい小娘だねぇ、カリカリするのはおよしよ。あんたも空腹かい？」

「絶対私のこと馬鹿にしてるでしょ⁉」

ポケットに入れっぱなしのハーブは多いが、さすがにパンは持ってきていない。肩をすくめてみせれば、彼女はさらに声を荒らげた。

「どうせ、くだらない願いごとだって思ったんでしょう⁉　だからそんなふうに嘲笑《あざわら》うことができるんだわ！」

「やれやれ、思い上がったものだね。不幸な身の上の人間なんて腐るほどいるのに、自分だけは特別だと勘違いしているようだ」

リコリスは鼻で笑って声音を低めた。

「まず、『くだらない』という言葉を訂正させてもらおうか。願いなんてものは、所詮《しょせん》全てただの欲望。どんなに崇高に見せかけたって等しく自分本位なものさ」

リコリスが一歩近付くと、少女は怖気《おじけ》づいたように後ろに下がる。

「人の心を無理やり変化させるような薬ってのは、結果的にたくさんの運命を捻《ね》じ曲げてしまう。だから私はあんたに薬を売らなかったんだ。どんな末路が待ち受けているのか、目に見えているからね」

目深にかぶったフードの下、ゆらりと瞳《ひとみ》がきらめく。

そこに禍々《まがまが》しい金色を見つけたクレアは雪のような顔色になって、さらに後ずさった。

おぞましい怪物に出くわしてしまったかのような反応だ。

それでも少女は首を振った。全身を震わせ、瞬《まばた》きを忘れた瞳から涙をこぼしながらも、決して小瓶を手離そうとしない。

「嫌よ……だって、諦《あきら》めるなんてできない……」

「どうあっても返さない。それが、あんたの選択なんだね」

リコリスは淡々と言うと、おもむろに右手を上げた。

それを合図にノアが動く。

クレアの眼前で、白いフクロウが羽ばたいた。

「やっ……なにっ……!?」

「――そもそも、それが本当に【人心を操る薬】だと思うのかい？」

怯《おび》える少女に、リコリスは最後の忠告を口にした。

◇◆◇

フクロウに視界を遮られ、クレアの不安と焦燥が一気に膨れ上がる。

羽音が耳障りで自分の声さえ聞こえないのに、魔女の冷たい声音だけはぬるりと滑り込むようにして響いた。

『――そもそも、それが本当に【人心を操る薬】だと思うのかい？』

耳にこびりつく、突き放すような言葉。

白い羽が迫って目をつむったのは、ほんの一瞬のはずだった。

けれど再び目を開けると一転、クレアはいつの間にか森の外に立っていた。

あれほど吹雪《ふぶ》いていたのに空は晴れ、太陽が雲間から覗《のぞ》いている。

そう、昼になっているのだ。森を彷徨《さまよ》っている内に、すっかり日が暮れていたのに。

見下ろしてみれば、森を歩いている間にあちこち引っ掛けていたはずの外套《がいとう》が、ほつれ一つなくなっている。転んで雪で濡《ぬ》れてしまったスカートも何もかも元通り。

『死の森』沿いにある村が、雪道の向こうに見えた。

代わり映えのしない、いつも通りの日常。まるで今までの全てが夢だったかのように。

握り締めたままの小瓶だけが、あれは幻ではなかったのだと告げていた。

魔女の最後の言葉が頭をよぎる。

途端に、小瓶の中身がずっしり重くなった気がした。

雪に頼りない足跡を残しながら、クレアは村へと戻る。

赤茶色の三角屋根と、白壁に組み込まれた木板の幾何学模様。ウェントラース王国では珍しくもないけれど、玩具《おもちゃ》のようで可愛《かわい》らしい街並み。

それも今は雪が積もり、白と黒の世界は静寂に沈んでいる。

通りかかった家の中から、華やいだ笑い声が聞こえた。

厳しい冬を耐え忍んでいる最中だというのにどこか明るい空気が流れているのは、五月祭が近付いているからだ。

五月祭に行われる『春告げの花嫁行列』は、娯楽のない村にとって一大行事。三ヶ月前の今から、少しずつ準備を進めていく。

たとえば、当日になれば村中の人が見守る中で立てられるマイバウム。飾り付けたシラカバの木の柱のことで、その周りを囲んで楽しく踊るのだが、装飾用の草の輪や色とりどりのリボンは事前に用意しておく。今年は可愛らしい人形を作って、例年より賑《にぎ》やかにする予定らしい。

マイボーレというミントやセージを漬けた白ワインは、五月祭には欠かせない飲みものだ。小さな子ども達にとっては、併せて食べるご馳走《ちそう》の方が待ち遠しいかもしれない。

祭りの準備期間というのは心が躍るものだ。鬱々《うつうつ》とした気持ちでいるのは、きっとクレアくらいのものだろう。

どうしても、『春告げの花嫁』に選ばれたい。

既に花婿役に決まっている幼馴染《おさななじ》みの隣に立ちたかった。

クレアとて、言い伝えを絶対と信じるほど幼くはない。けれど、両親が花嫁役と花婿役を務めた末に結ばれたのは事実だ。

狭い村のこと、同年代の人数も知れている。

そんな中で『春告げの花嫁行列』の主役に選ばれ、何度も打ち合わせを重ね協力していれば、自然と互いを意識するものだ。

言い伝えがあながち的外れではないことを、クレアはよく分かっていた。

花嫁役を決めるのは、村長ら役員を務める大人達。その役員の娘の一人が、今年の有力候補に挙がっていた。

彼らの内の誰かに秘薬を飲ませれば、クレアも候補になれるはず。または、候補に挙がっている少女に辞退させてもいい。

けれど再び、魔女の言葉が甦《よみがえ》った。

これが、本当に【人心を操る薬】なのか。

咄嗟《とっさ》に小瓶を摑《つか》んで逃げ出したクレアに、それを確かめる術《すべ》はなかった。

体に害のないものなら別に構わない。惚《ほ》れ薬の類《たぐ》いであれば騒ぎは起こるだろうが、いずれは収束するだろう。

だがもし、これが【毒薬】だったら？

間違えて【毒薬】を持ち出してしまったのだとしたら、クレアが行おうとしていることはまさしく犯罪。人殺しだ。

たかが毎年恒例の祭りのために罪を犯すなんて、そんなのは馬鹿げている。誰かの笑顔を壊してまで自分の願いを叶《かな》えようなんて浅ましい。

『死の森』に向かう前にも、何度もこうして自答したのだ。

ぐらぐらと心が揺れる。

頭が痛い。もう何も考えたくなかった。

「――クレア？」

穏やかな声音に、ぎこちなく顔を上げる。

金茶の髪に、木の実のような色合いの瞳。大好きな幼馴染みのウィリアムだった。

「クレア、どうしたんだ？　ひどい顔色じゃないか。そんなに体調が悪そうなのに、どこかに出かけるつもりだったのか？」

しっかりと外套を着込んだ姿に、ウィリアムは顔をしかめる。厳しい口調だが、眼差《まなざ》しは気遣いに満ちていた。

三歳年上だからか、彼はしょっちゅうクレアの心配をし、何かと世話を焼いてくれる。

「ウィリ、アム」

「ほら、こんなに冷たくなってる。ずっと外にいたのか？」

温かく大きな手が、頬を包む。

クレアは無性に泣きたくなりながら、そこに自分の冷えた手を重ねた。

優しい、優しい人。誰よりも温かい人。

大切にされている自覚はある。

けれど、彼が優しくするのは自分だけじゃない。

誰にでも優しいから周り中に好かれる。誰もがウィリアムを求め、彼もまた躊躇《ためら》わずに手を差し伸べるのだ。

手は、二つきりしかない。

何でもかんでもは摑めない。

クレアは繋《つな》いだ手を、ずっと離さないでいて欲しかった。

幼馴染みだから。兄妹《きょうだい》のように育ったから。

そんな生温《なまぬる》い優しさじゃないことを心から願っているのに、怖くて確かめられないままここまで来てしまったのだ。

魔女の言葉は憎たらしいほど正論だった。

振り向かせるための努力なんてしていない。そもそも臆病になるあまり、想いを伝えてすらいないのだ。

「ウィリアム、今日って何曜日？」

「何言ってるんだ、今日は木曜日だろ。本当にどうしちゃったんだよ」

木曜日。

クレアが『死の森』に向かったのが火曜日の早朝だったから、丸二日以上経過していることになる。

その間行方不明になっていたはずなのにウィリアムが平然としているのは、何かしらの不思議な力が働いたからだろうか。

クレアだけ時間に取り残されたような、心許《こころもと》ない感覚。

「木曜日……ってことは、『春告げの花嫁』を決めるのは、今から？」

「そうなんだよ。俺も急に手伝いに駆り出されてさ、役場に行く途中。お茶くらい自分達で淹《い》れろって話だよな」

これから始まる会議で、花嫁役が決まる。

神が計らったかのような好機だった。

今しかない。

焦るにつれ鼓動が速くなり、頭の鈍い痛みもひどくなっていく。

ウィリアムが、優しく目を細めた。

「でも、クレアを家に送るのが先だな。親父達なんてしばらく放っておいてもいいけど、お前は放っておけない」

呼吸さえ、止まった気がした。

労《いたわ》りの滲《にじ》む声、髪を撫《な》でる慎重な手付き。柔らかな眼差《まなざ》し。

何も考えられず、勝手に口が動いていた。

「……私は平気。だから、ついて行ってもいい？」

ここまで来て後戻りはできない。

もう止まることなんてできないのだ。

ウィリアムを他の誰にも奪われたくない。

ただそれしか、クレアの頭にはなかった。

心配性の彼はかなり渋ったけれど、結局は折れ、一緒に役場へ向かうこととなった。懇願されれば無下にはできないのだ。

ウィリアムは、子どもの頃のように手を引いてはくれない。

けれど歩調を緩め、クレアに合わせてくれる優しさに気付いてからは、どうしても好きにならずにいられなかった。

想いは膨れ上がり、次第に利己的になっていった。彼が他の誰かに笑いかけることさえ許せなくなっていた。

これまでも、醜い嫉妬《しっと》心を隠してきたのだ。できる。

平然とやり遂げてみせる。

役場は石畳の広場に面している、三階建ての建物だ。

役員達はほとんど集合していた。役員といっても、小さな村の中では誰もが顔見知り。ウィリアムについて来たクレアを見て、明るく声をかけてくる。

女房が作ってくれたクッキーだと、小さな紙袋を渡される。

笑って礼を言えた自信がなかった。

二階には簡単な炊事場がある。

火の焚《た》かれた暖炉の上には鍋《なべ》が置かれ、既になみなみと水が張られていた。もう少し待てば湯が沸き、お茶を淹れることができる。

「私が、お茶を用意するから。ウィリアムは他に手伝えることがないか、おじさん達に聞いておいてくれる？」

「分かった」

彼が側を離れれば実行できる。顔に笑みを貼り付け、不自然にならないよう誘導する。

ウィリアムは数歩も行かないところで、ふと振り返った。

「クレアは本当に偉いよな。どんな時でも思いやりがあって、笑顔で。お前を見てると、俺も頑張ろうって思える。でも、たまには無理しないで頼ってくれよ」

朗らかな笑みを残して、彼は階下へと向かっていく。

ウィリアムの背中が見えなくなっても、クレアはしばらく動けなかった。

その間に鍋の湯がすっかり煮立っている。ボコボコと泡の弾《はじ》ける音がやけにうるさく、まるで急《せ》き立てられているようだ。

高く低く、クレアを責める。
細く息をついてから、集まった全員分のお茶を淹れはじめた。
いつもよりじっくりと、丁寧に。
そうしないと手が震え、湯をこぼしてしまいそうだった。
湯気の立つお茶が入り、クレアはいよいよ懐の薬を取り出す。
毒々しいまでに鮮やかな青い液体。
何滴混ぜたら効果が出るのだろう。
毒である可能性がなくなったわけじゃない。
毒だとしたら、一滴でも命取りだろうか。
分からない。
分からない。
もう何も考えたくない。
嫌な汗で小瓶を傾ける手がぬらつく。
頭がぐらぐらする。
どうしようもなく心臓が痛くて、呼吸がうまくできない。
怖い怖い怖い怖い怖い怖い怖い、こわい。

鎧戸《よろいど》の外れた小さな窓には、雪景色に溶けてしまいそうな白い鳥が留まっている。視界が歪《ゆが》み、何もかもに現実味がない。心を上滑りしていく。

こんな時、自分はいつもどう対処していた？

——そうだ。ウィリアム……。

彼の声を。温かい手を。

思い描けばそれだけで力になる。何でもできる。そう、どんなことだって。

青い液体が細い口からこぼれ落ちようとした、その時。

不意に甦ったのは、去り際の彼の笑顔。目映《まばゆ》いまでに曇りない信頼。

自分は今、彼を理由に罪を犯そうとしている？

腕が戦慄《わなな》いた。

視界がひどく歪んでいるのは頬を流れる涙のせいだと、クレアはようやく気が付く。

乱れた呼吸を整えるため、何度も大きく息を吐いた。

そうして、ゆっくりと視線を巡らせる。

白い鳥——フクロウは、まだそこに留《とど》まり続けていた。ただ、静かに。

「——ごめんなさい、魔女さん」

◇◆◇

役場の二階から、白いフクロウが飛び立った。

羽を広げてゆっくりと旋回し、水の抜かれた噴水の近くに舞い降りる。

留まったのは、彼を待ち構えていた主人の腕の上。

リコリスは、使い魔が肢《あし》に摑《つか》んでいたものを確かに受け取った。目が覚めるほど鮮やかな、青い液体の入った小瓶。

「ありがとう、ノア。ご苦労さま」

指先でくすぐるように撫でると、フクロウは嫌そうに目を閉じる。素っ気ない反応に笑みをこぼせば、白い息がフワリとたゆたった。

リコリスは役場の窓辺を見上げる。

顔を覆って泣きじゃくる少女に気付き、慌てて駆け寄る少年が見えた。おそらく彼が、クレアの意中の相手なのだろう。

「なんだ。【惚《ほ》れ薬】も【人心を操る薬】もなくたって、十分親密じゃない」

賢明な彼女は、薬に頼ることの危うさを本心では理解していた。

『春告げの花嫁』に選ばれたいあまり、焦って何も見えなくなっていたけれど、きっと選択を誤らないだろうと思っていた。

クレアに必要なのは秘薬なんかではなく、自信。

魔女と対等に渡り合う度胸が備わっているのだから、秘薬に頼らずとも花嫁役を摑み取れるはずだ。たとえ選ばれなかったとしても、彼らの仲睦《むつ》まじい様子を見ていれば何の心配もいらないように思う。

リコリスは、結局最後まで連れ回してしまったゼルクトラを振り返った。

「あんたも、付き合わせて悪かったわね。せめて王宮に送ってあげる」

何気なさを装ったつもりが、彼は静かに視線を落とした。文句一つ言わずについてきたゼルクトラが、初めて口を開く。

「……俺にはやはり、薬を売れないか」

「散々振り回しちゃったわけだし、申し訳ないと思ってるわ。でも、人を助けるために魔女をやってるわけじゃないから」

意志を覆すつもりはなかった。

【毒薬】を売っても問題はない。

同情できる点は多々あるが、だからといってリコリスが自殺を思いとどまるよう説得する義理はなかった。死を選ぶことさえ個人の自由なのだ。

薬を求めてやって来た者の人生に、介入すべきではない。

祖母が生前、口が酸っぱくなるほど繰り返していた言葉だ。

たとえ相手が破滅しようと、犯罪に手を染めようと、魔女に立ち入る権利はない。

けれどリコリスは、どうしたって尊敬する祖母のようには割り切れない。クレアの求めを断ったのも、そういう甘さから来るものだ。

とはいえゼルクトラに薬を売らない理由は、また少し違う。

大嫌いな王族。

そのわだかまりがあるからこそ、正常な判断ができているとは思えなかった。

依頼してきたのは向こうなのだから関係ない。リコリスの罪にはならない。

死にたければ勝手に死ねばいいのだ。たとえ自殺用と欺いていたのだとしても、彼の周囲に混乱が起きたところで罪悪感など湧かない。

そう冷たく切り捨ててしまえる感情も、確かにあるのだ。

リコリスは、何より自分自身を一番信用できなかった。

だからこそゼルクトラには薬を売らない。売れない。

「悪いわね。だけど、私にも譲れない一線が――」

「そうか。では、とりあえず今回のところは諦《あきら》めよう」

「……へ？」

それなりに期待させておいて断るのだから、恨みごとの一つもぶつけられるだろうと覚悟していた。それでも毅然《きぜん》と撥《は》ね返す構えだったので、あっさり諦められては肩透かしを食らった気分になる。

いちいち言及するのも疲れてきたけれど、やはり彼は変わっている。『とりあえず今回のところは』、という部分も若干不穏だし。

ゼルクトラは、何度か頷《うなず》いたのちに顔を上げた。

「『魔女とは悪魔の娼婦《しょうふ》で、人としての生も心も手離した残忍な生きもの』。以前目を通した古い文献にはそう書かれていたが、どうやら違っていたらしい」

「急にどうしたのよ。寒さでさらに故障しちゃった？」

「本当は、彼女に薬を盗まれる前に阻止することもできたのではないか？　有能な魔女だというのなら、なおのこと」

思いがけない方向から飛んできた指摘に、リコリスは口を噤《つぐ》んだ。すっかり侮っていたから咄嗟《とっさ》に反応できない。

「……一度に二人も来客があるなんて初めてのことだったから、注意力が散漫になっていたかもしれないわね」

「強引に奪い返そうとしなかったのも、彼女が心配だったからではないか？　だから最後までされっちりと見届けた」

「うがち過ぎよ。……私が善人だと油断して、後悔するのはあんたの方よ」

「薬草について造詣《ぞうけい》が深く、病の治療やお産などで民間人を助けていた女性達。魔女と定義される以前は、『賢い女』と呼ばれていたらしいな」

感情が鈍いから愚かであるとは限らないらしい。

想定外の聡《さと》さを見せ付けられ焦ったリコリスは、反撃に打って出ることにした。

「そこまで私を高く買ってくださるのなら、こんな薬くらい簡単に飲み干せてしまうのかしら、王兄殿下は？」

ことさら底意地の悪そうな笑みを浮かべ、これみよがしに小瓶を振ってみせる。

どこか好意的なゼルクトラの眼差《まなざ》しから、逃れたい一心だった。

本能的に感じていたのかもしれない。

これ以上親しくなる前に、距離を取らねばならないと。

けれど彼は軽々と防衛線を越えてみせるのだ。

リコリスの手から小瓶を奪うと、毒々しいほど青い液体を一息にあおってしまった。

小瓶をひったくるようにして取り戻すも、既に中身は残っていない。

リコリスは驚きを込めてゼルクトラを凝視する。

「あーっ！」

「信じらんない……」

「自分が飲んで見せろと言ったのに、それほど驚くことか？」

「当たり前でしょ！　もうちょっと躊躇《ためら》いとか恐怖心とか持ち合わせてないわけ!?　あぁハイハイないわよね。ずっと虐げられて一人でじめじめそめそ生きてきたせいで、人として至極真っ当な感情すら芽生えていないものね！」

「人として至極真っ当な感情が芽生えていたなら決して触れられたくないだろう過去を、躊躇わず踏み荒らしてみせるとは。大胆にも程があるな」

「他人事《ひとごと》みたいに言ってんじゃないわよ！　私が言うのもなんだけど少しくらい怒ったっていいのよ、あんたは！　私だけじゃなく、あんたを傷付け続けた家族にもね！」

勢いに任せて、ずっと腹の中に溜《た》め込んでいた本音まで吐き出してしまう。

自分の感情は排すべきなのに、俯瞰《ふかん》で捉《とら》えるべきなのに、どうしても放っておけない。

本当はずっと言いたかった。

理不尽に慣れるな。怒りを押し殺すな。

痛みを呑《の》み込み続けていては、自らを虐げる相手を増長させる。存在が軽視されるようになる。ゼルクトラにばかり、一方的に負担がかかる。

「怒ればいい！　何も変わらないかもしれないけど、感情があるんだって証明してみせるの！　──あんたが、あんたを見捨てるな！」

　リコリスは、全身で息をするように肩を上下させる。ご近所中に轟《とどろ》く怒声を発したからか、寒ささえ感じない。

　こうして感情移入ばかりしているから祖母のようになれないのだと自嘲《じちょう》が込み上げてくるけれど、不思議と後悔はなかった。

　他人の運命に介入しておきながら感情を排するなんて、リコリスには不可能だ。

　恐れられても嫌われても、行く末を案じる気持ちは消えない。不幸のただ中にいる者をみすみす放っておけない。

　ゼルクトラは、青灰《せいかい》色の瞳《ひとみ》を丸くしていた。

　心をどこかに落としてしまったようだった彼の、これほど鮮やかな表情を、リコリスは初めて見たかもしれない。取り繕ったところのない感情の発露。

　そうして、ゆっくり噛《か》み締めるように浮かべた笑みも、初めて見る表情だった。

「ありがとう。俺などのために怒ってくれるのだから、やはりお前は善き魔女だな」

「ありがとう。誰かに顧みてもらえる存在なのだと、気付かせてくれてありがとう」

『俺など』という言葉に反論しかけたリコリスは、穏やかな笑みを前に勢いをなくした。

青灰色の瞳があまりに優しいから、きつい物言いなど出てこない。

「だから――……！」

ゼルクトラが、何かに思い至ったように目を瞬かせた。

「すまない、また『お前』と言ってしまった。気を付けていたつもりだったのだが……」

申し訳なさそうに頭を下げられ、リコリスは一気に脱力した。

今最もどうでもいいことで謝られている。

「……いいわよ別に、もう。見下しているわけじゃないんでしょう？　私こそ初対面なのに、嫌な態度をとっちゃったし。そうだ。一応謝罪の気持ちってことで、その薬代はタダにしておいてあげるわ」

薬と聞いて、彼はようやく秘薬を飲んだことを思い出したらしい。

「そういえば、何の効果があったのだ？　特に変化はないが」

「変化、してるじゃない。不健康そうだった髪と肌が、劇的にましになっているわよ」

ぱさついていた黒髪は本来の艶《つや》を取り戻し、肌もふっくらと健康的だ。目元のくまも綺《き》麗《れい》になくなっている。

陰鬱《いんうつ》でどこか疲れたような雰囲気も、幾分か和らいでいた。

「魔女の特製【美容薬】。まぁ、年相応の若々しさになったってものじゃない？」

「そうか。せっかくだから、なるべくこの状態を維持していきたいものだな。リコリスのおかげで改善したのだし」

「と、とにかく、さっさと送るわ。こんなところにいつまでもいたら風邪ひいちゃうし」

ゼルクトラに背を向けると、リコリスはザクザクと雪を蹴立《けた》てながら歩きはじめた。

少しは驚くなり、皮肉に言い返すなりすればいいのに。

本当に何事にも動じないから、むしろ名前を呼ばれたこちらの方が動揺してしまう。

謎の敗北感にもやもやしていたリコリスは、ある一つの可能性に唐突に思い至り、ぴたりと足を止めた。

「――待って。あんた……見たでしょう、私の瞳」

疑問ではなく、ほとんど確信だった。

金色に光る瞳は、闇夜に生きるものの証《あかし》。

一目で魔女と分かる忌まわしい色。

フードを外していた時、彼の態度があまりに変わらなかったから、気付かれていないのだろうと思っていた。

けれど本当に短い付き合いの中で、何度も見せつけられてきた。ゼルクトラは、感情を知らないのではと疑いたくなるほど動じない男なのだ。

彼自身言っていたではないか。

触れられたくないことがあるならば、触れないでおくと。

リコリスは、ぜんまい仕掛けの人形のようにぎこちない動作で振り返る。

雪に覆われた真っ白な街中で、ゼルクトラは泰然と佇《たたず》んでいた。それこそ、本当に何も気付いていないかのように。

青灰色の瞳が、何かを思い返すように細められる。

「あぁ、金色だったな。——満月のようで美しかった」

機嫌をとろうなどという下心が一切感じられない、無垢《むく》な言葉。

リコリスは逃げ出すように再び顔を背けた。

あぁ、だからあれほど距離を取ろうとしていたのに。

雪が蒸発してしまいそうなほど、顔が熱い。

第二話　善き魔女と人魚の涙

三月になり、『死の森』にも少しずつ春の気配が近付いてきていた。

厳しい冬を耐え抜いた木々の先にはぷっくりとした芽が膨らみ始め、新たな季節の到来を告げている。庭先のミモザの枝も、ほんのり蕾《つぼみ》の黄色に染まっていた。

家屋の南側にある薬草園は、妖精《ようせい》の惑わしの魔法のおかげで天候や気温に左右されないため、年中ハーブが採れる。

とはいえ、生命力に満ちたこの季節に種蒔《たねま》きをしない手はない。そろそろ畑の土を耕し準備をはじめなくては。

カモミールやジャスミン、セイヨウイラクサなど、リコリスの薬草園ではたくさんのハーブが育てられている。

セイヨウシナノキなどの樹木も薬作りには欠かせない。

特に魔法の杖《つえ》の材料にもなるエルダーは魔女にとって大切な木で、血のように赤い樹液を流すため精霊が宿っているとも言われている。

初めて伐《き》る時には木の前で跪《ひざまず》き、『エルホーン女神様、その枝をくださいませ。もし私が木になれたなら、私の枝を差し上げましょう』と三回唱えなければならない。その間に精霊は立ち退《の》いてくれるのだと、教えてくれたのは祖母だった。

太陽が最も強い光を放つ正午に摘んだカレンデュラは、心を癒《いや》すと同時に強くする。

セージを五月に食べると長生きできる。

薬草の効果を最大限に活《い》かすためには、決まった日や時刻に摘まねばならない。あるいは木曜日に、あるいは満月の夜に。

祖母は様々な知恵を授けてくれた。

自然や命と向き合う静謐《せいひつ》な横顔を思い出しながら、リコリスは調薬に勤《いそ》しんでいた。集中を高めるために窓は閉めきっており、ランタンの心許《こころもと》ない明かりが辺りをぼんやりと照らしている。

テーブルには大きなボウルが乱雑に並べられ、空のガラス瓶が転がっている。

そして、圧倒的な存在感を放つ、黒い大鍋《おおなべ》。

去年の夏に日陰で乾燥させたヒソップの花と葉、フェンネルシード、赤ワインをぐつぐつと煮立たせ、時折かき混ぜる。作っているのは腸の痛みに効く薬だ。

「ヒソップは残り少ないし、使いきっちゃおうかしら。乾燥イチジクってあったかな」

フェンネルシードを乾燥イチジクに替えるだけで、胸部の痛み、寒冷による咳《せき》に有効な薬となる。まだ朝晩は冷え込むので需要が見込めるだろう。

これらは父が遺《のこ》した雑録に記載されている薬なので、街に卸しても問題ない。

自給自足にも限界があるため、暮らしていくには通貨の獲得も重要だ。交渉などといった煩雑な作業は全てノアに丸投げしているが、一応自力で収入を得ていると言えた。

どす黒い色味の薬が完成し、リコリスは火の始末をする。乾燥イチジクをきらしていたため今日の作業はここまでだ。

調薬室を出て、ダイニングに向かう。

あくびをかみ殺すリコリスは、目的地に着いた途端足を止めた。

まだ夕食には少し早い時間だというのに、食卓にはたくさんの料理が並んでいる。

サワークリームが浮かんだかぼちゃのスープに、香草のパスタ。ブルーチーズのソースをからめたパプリカとブロッコリー、鹿肉の煮込み。甘く魅惑的な木イチゴのコンポートまで添えてあるのだから、家主であるリコリスは脱力するしかなかった。

「ノア、勝手にもてなすんじゃないわよ……」

使い魔であるノアは、白髪の少年姿になっていた。

そうして甲斐甲斐《かいがい》しく給仕をする相手は、平然と居座っているゼルクトラ・ウェントラースその人だ。

「邪魔をしているぞ、リコリス。調薬中ということで、あえて挨拶《あいさつ》はしなかった」

なぜ、他人の家でこうも堂々としていられるのか。

調薬室にいたせいで彼の訪問に気付かなかったリコリスの方が悪いのではと、うっかり勘違いしてしまいそうになる。

「あんたって、結構図々《ずうずう》しいわよね……」

「そうでなければ、あの環境を生き抜けないからな」

禁忌の子ゆえほぼ幽閉されて育ち、現在も王太后から命を狙われている。

かなり不幸な生い立ちのはずなのに、今の彼からは辛《つら》い過去など全く見えてこない。

「初めて会った時は気を遣って言わなかったけど、ぶっちゃけ家庭環境地獄だし」

「あの頃から薄々感じていたが、お前若干引いていないか」

「若干じゃないけどね」

この癖の強さが、境遇のせいで内側に抑圧されていたゼルクトラの本質なのかもしれない。図々しさがあるからこそ、魔女の棲家《すみか》にも足繁《あししげ》く通えるのか。

あれ以来、なぜかゼルクトラから週に一、二度の訪問を受けていた。

リコリスの使い魔が森の入口まで律儀に送迎しているために、『死の森』にご近所感覚でやって来るのだ。

ノアがどういった魂胆なのか知らないが、主人の許可なくおもてなしをするのは本気でやめてほしかった。料理がおいしいからと入り浸る王族もどうかと思うが。

「お昼に出た野菜のブルーチーズソース、今日の晩酌のために残しておいたのに……」

「安心してください。それは、余分に作っておいた分です。ゼルクトラ様にあなたの食べかけをお出しするはずがないでしょう？」

「ちょっと待って納得いかない。あっちの方が立場が上みたいに聞こえるんですけど」

「引き籠《こ》もりの魔女と、引き籠もりの王兄殿下。確かに以前までは似た者同士だと思っておりましたが、最近のゼルクトラ様の成長ぶりを見ていれば自明の理、ですよね」

使い魔の年齢が外見と比例していないことは承知している。

けれど愛らしい少年の姿で傷を抉《えぐ》られると、フクロウの姿の時より小言が遥《はる》かにきつく感じられる。

「うぅ。飲まなきゃやってられないわ……」

「結局は飲むのだな」

ゼルクトラに突っ込まれながらも、リコリスはグラスになみなみと赤ワインを注いだ。

調薬にも使うため、この家にはワインが浴びるほどある。

目を瞬かせた。

正面に座るゼルクトラのグラスにも行儀作法など無視して注げば、彼は少々面食らって

リコリスが片頬を上げて笑みを返すと、乾杯もなく酒盛りがはじまった。

ノアが、リコリスの前にも料理を運ぶ。

鹿肉の煮込みは、昨晩から彼が仕込んでいたものだ。弾力のある赤身がじっくり火を通すことで柔らかくなり、口の中でほろりとほどけていく。それでいて噛《か》むほどに旨《うま》みが出て、白ワインと生クリームがベースのソースと複雑に絡まり合っていた。

「あぁ、溶けてなくなっちゃう……もったいない……」

おいしい余韻に浸っていると、ゼルクトラは小さく笑った。

「確かに、ノア殿の料理は絶品だ。これをただで食べさせてもらうわけにもいくまいと食事代を払おうとしたのだが、きっぱり断られてしまった」

ちょっとやそっとでは動じない王兄殿下は、人にもフクロウにもなれる使い魔にすっかり馴染《なじ》んでいるようだ。リコリスが調薬や薬草摘みでいない間に、彼らは金銭に関する話をするほど親しくなっていたらしい。

「あんた達の仲の良さについて色々言いたいことはあるけど、新鮮な食材が手に入りづらいだけで、うちは貧しいわけじゃないからね」

僻地《へきち》のため買い出しの回数は限られており、そうすると食卓に上るのは保存の利く食材ばかりになってしまう。

街で仕入れているのはチーズや小麦粉などだ。ハーブや野菜、果物はある程度森で採れるため不自由しないが、魚と肉は自《おの》ずと貴重になってくる。

「医薬品として売れるものも作っているし、金銭面は問題ないのよ。むしろ食事代とかじゃなく、入り浸っているってとこを気にしてほしかったわ」

「医薬品まで作れるのか。リコリスは医学の知識もあるのだな」

「本当に、素で図太いわよね。これって王族だからかしら」

王侯貴族は、都合の悪いことは聞こえないようにできているのかもしれない。あまりに突き抜けすぎていて感心すらしてしまう。

「医師も薬剤師も魔女も、元をたどれば同じだもの。『賢い女』って名称を知っていたくらいだし、あんただって知ってるでしょう？」

その昔、医療行為は医師だけに許されるものというわけではなかった。

薬剤師も、場合によっては理髪師も、怪我人の許《もと》へ駆け付けるような時代があった。

けれど医学が発展し、様々な変化が起こった。

知識の疑わしい業者が薬の製造、販売をすることを懸念し、処方できるのは医師のみ、調合を行えるのは薬局に所属する薬剤師のみ、という決まりができたのだ。

医薬品の品質を保証するという意味では正しい措置だが、それによって薬剤師の資格を持たない薬草売り達が日陰へと追いやられてしまった。

伝統や経験だけで作られた民間薬は正規の薬として認められず、『賢い女』は反社会的な存在として排除されるようになった。

それが、『賢い女』が魔女と呼ばれるようになったきっかけだ。

「マンドラゴラとか、ドクニンジンとかトリカブトとか。怪《あや》しげな材料も多いから、気味悪がられても仕方ないんだけどね」

とはいえ、人を救おうとして迫害されるなんて皮肉な話だ。

ワインに口を付けながら肩をすくめれば、ゼルクトラは心底不思議そうに首を傾げた。

どうでもいいが、最近の彼の仕草はあざとすぎやしないか。それとも元々こうだったのに、リコリスの受け止め方が変わったのか。

たぶん、酔いはじめている。答えはその一択だと、無理やり納得することにする。

やさぐれたリコリスを映すゼルクトラの瞳《ひとみ》は、眩《まぶ》しいほど曇りがなかった。

「俺は、リコリスを恐ろしいなどと思ったことはないぞ？　むしろ、医薬品も魔女の秘薬も作ることができるなんて、素晴らしく有能だ」

「いやいや、腹痛に効く薬くらいで大げさよ。あんなもの簡単だし、誰にでも作れるわ」

「どれほど手順が単純であろうと、人を救うための薬だ。それを作ろうとする心映えそのものこそ、俺には尊く映る」

その前に作っていたのが増毛薬だと言っても、彼はきっと真面目くさった顔で素晴らしいと称《たた》えるのだろう。

──ぐぅうっ……恥ずか死ぬ……！

もしやゼルクトラは、リコリスの息の根を止めにかかっているのかもしれない。羞恥《しゅうち》心という概念がないと、人はここまで真っ直ぐになれるのか。

屈折している自覚があるため、無垢《むく》な眼差《まなざ》しが焼けそうに眩しい。このままでは聖なる光を浴びた悪魔のように燃え尽きてしまう。

動揺を押し殺してぐいぐいワインを空けていると、玄関の扉を叩《たた》く音が響いた。

リコリスはこれ幸いとばかりに席を立つ。

「今開けるよ」

待っているのが悩みを抱えた者だと思えば、回りはじめていた酔いも頬の熱も一気に引いていく。リコリスは深呼吸を一つして扉を開いた。

直立不動の構えでいたのは、二十代後半くらいの屈強な体付きをした男性だった。

すっきりとした栗色《くりいろ》の短髪に、鋭い黒の瞳。引き結ばれた唇からは、いかにも生真面目そうな人柄が窺《うかが》える。

そして何より特徴的なのが、金糸の縁取りもきらびやかな真紅の軍服と、襟元にあるウェントラース王家にのみ許される竜の紋章。

騎士だ。

きっちり帯剣していることを確認しながら、リコリスは逡巡《しゅんじゅん》した。

中にはゼルクトラがいる。

別にやましいことはないが、王家に仕える者からすると、この状況はどうなのだろう。王兄を懐柔しているように見えやしないか。

また、目の前の騎士がどのような立ち位置にいるのかも気にかかる。

王宮の奥深くで隠されるように育ったというゼルクトラは、王太后だけでなく使用人からも相手にされていなかったということだ。もしも彼を虐げていた側の人間だとすれば、引き合わせると面倒なことになるかもしれない。

リコリスは一瞬で判断を下すと、扉の外に出て腕を組んだ。

「今は来客中さ。用件だけ手短に話しな」

ついつっけんどんな態度になってしまうのは、元々王族が嫌いなので、それを守る騎士にいい感情を抱けないからというのもある。

けれど一番の理由は、ゼルクトラに絆《ほだ》されているからなのだろう。

彼は、金色の瞳を恐れない。魔女であることを否定しない。使い魔以外の誰かとのんびり会話を楽しむなんて、リコリスにとっては実に久しぶりのことだった。

王族嫌いを自称しながら庇《かば》うような真似をするのがあまりに滑稽《こっけい》で、リコリスは自らの矛盾を内心で嘲笑《あざわら》う。

「それで、何か欲しい薬でもあるのかい？」

「いいえ。私はただの伝令にすぎません」

「伝令」

いよいよ嫌な予感がする。

王国に仕える騎士が伝令にやって来るなんて、きな臭さしか感じない。

神妙に黙り込むリコリスに、男性は朗々と告げた。

「『死の森』の魔女殿におかれましては、このほど西ウェントラース王国国王陛下より、ただちに参上せよとのお言葉を賜りました。支度を整え次第、共に来ていただきます。これは、国王命令です」

国王命令。であれば、従うのが国民の義務。

けれどリコリスは魔女だ。

従順に頭《こうべ》を垂れると思っているなら傲慢《ごうまん》も甚だしい。

「――ノア。その人を森の外まで送っておやり」

呼べば、屋根の天窓部分から白いフクロウが飛び出してくる。

突然猛禽《もうきん》類にまとわり付かれた騎士は僅《わず》かに身じろいだものの、真意を問うようにリコリスへと視線を投げかけてきた。声一つ上げないのは鍛錬の賜物《たまもの》か。

リコリスは、フードの陰から妖《あや》しげに笑った。

「伝令しか寄越さない無作法な国王陛下だが、会ってあげてもいい。――三日後、私の気が変わってなけりゃ王宮に行くと伝えな」

相手が誰であろうと屈するつもりはない。

そう言外に匂わせると、リコリスはさっさと屋内に引き返した。騎士は抵抗するかもしれないが、あとはノアが何とかしてくれるだろう。

扉をパタリと閉めれば、外からの声や物音はほとんど届かなくなる。

静かに息をついたリコリスは、背後に気配を感じて振り返った。ゼルクトラが、痛いほど凪《な》いだ表情で立っている。

「……そういえば、あんたと腹違いの弟さんとの関係、聞いてなかったわね」

リコリスはゆっくりと口を開いた。

西ウェントラースの国王といえば、目の前にいる彼の異母弟だ。

王太后との不和は聞き及んでいたが、ゼルクトラから異母弟への思いを聞いたことはなかった。母親が違うという、ただ事実のみ。

日没が近付き、リビングは少しずつ暗くなりはじめている。

ゼルクトラは、感情を置き去りにしてきたかのように淡々と語った。

「共に遊んだこともあったが、そのうち見向きもされなくなった。今は会話すらない」

久しぶりに見る無機質な表情。

出会ったばかりの頃と同じ、ただ生きているだけの人形。最近は無表情ながらも瞳の動きで、彼の感情を読み取れるようになっていたのに。

とはいえ彼の声音は、妙に冷たすぎる気がした。会話すらないと言うわりに、何か思うところでもあるかのようだ。

「なぜ、行くのだ。引き籠《こ》もりの魔女も、王宮からの依頼とあればすぐさま尻尾《しっぽ》を振るのか？　……報酬にでも目が眩《くら》んだか」

ゼルクトラが皮肉を口にするなんて、よほど異母弟との折り合いが悪いのかもしれない。それとも、挑発してでも理由を知りたいのか。

「あんたに説明する義理はないわ」

リコリスは、はっきりと拒絶した。

確かめたいことがある。

そのため王宮への招聘《しょうへい》に応じたのだが、これは誰にも触れさせるつもりはない。

言葉を重ねれば理解を得られるかもしれないが、そもそも知ってほしいなどと、微塵《みじん》も願っていなかった。

「……なぜ、行くのだ」

再びゼルクトラの口から呟《つぶや》きがこぼれる。

俯《うつむ》く彼がどんな顔をしているのか、暗くてもう分からない。

先ほどまで、何だかんだと文句を言いつつ楽しくお酒を飲んでいたのに。

沈黙に満たされた部屋が、なぜだかひどく寒々しく感じた。

◇◆◇

酒盛りは気まずいままお開きとなり、それきりゼルクトラとは顔を合わせていない。

三日など瞬く間に過ぎてしまった。

リコリスは西ウェントラース王国の王宮へと来ていた。

国王陛下の座す城は、街を見下ろすかたちで山の斜面に建っている。石造りの重厚な建物で、まるで要塞《ようさい》のような雰囲気だった。

この辺りに来るのは初めてだが、城下街はずいぶん栄えているようだ。

主要な街道が九つあり、そこから縦横に細い道が分岐している。道沿いには赤茶色の屋根の民家が雑然とひしめき合っていた。

広場と思《おぼ》しき場所には壮麗な教会もある。天井まで届きそうな窓が等間隔で並び、背後には高い尖塔《せんとう》を擁していた。

郊外へと目を向ければ、のどかな草原地帯も見える。

清らかな流れにかかるアーチ形の橋は赤いレンガでできており、赤褐色から暗褐色まで一つ一つの風合いの違いに味わいがあった。

「魔女殿、こちらへどうぞ」

ぼんやり景色を眺めていたリコリスを出迎えてくれたのは、伝令に来たあの寡黙な騎士だった。きびきびとした動作は相変わらず生真面目そうだ。

案内されながら、長い回廊を歩く。

日差しをたっぷり取り入れる窓ガラスは不純物が少なく、恐ろしいほど透明だった。恐ろしいというのは、値段がという意味で。何気なく歩いているが、長い回廊に敷かれている緋毛氈《ひもうせん》はこっくりとした艶《つや》のある赤で毛足が長い。これもかなり高額なのだろう。

騎士が足を止めたのは、見上げるほど高い扉の前だ。

謁見の間というだけあり、扉の装飾は絢爛《けんらん》の一言に尽きる。

大粒の真珠が花をかたどり、それを彩るように金の細工がなされている。扉の地の色など、装飾に覆われてほとんど見えていない。

贅《ぜい》を凝らした圧の強さに頬が引きつった。

「ヒッヒッヒ。まずここで威圧して有無を言わせなくする、といったところかねぇ」

「……不敬は聞かなかったことといたしますので」

寡黙な騎士が鋭く号令をかけると、入口の両脇に控えた騎士達が重そうな扉をゆっくりと開いていく。

一瞬、俯くゼルクトラの面影がよぎる。

けれどリコリスは強く瞑目《めいもく》すると、振り払うように顔を上げた。

他のことに気を取られている場合じゃない。城の屋根に使い魔を潜ませているものの、今は一人きりなのだ。

「『死の森』の魔女殿、参上いたしました！」

無作法だろうが、頭を下げずに進む。

咎《とが》められるかと思ったが、真正面の豪奢《ごうしゃ》な玉座に座る青年は眉《まゆ》一つ動かさなかった。

若き国王は、恰幅《かっぷく》のいい青年だった。

年齢は、リコリスとそれほど変わらないのではないだろうか。東ウェントラース共和国の独立時は先王陛下の御世《みよ》だったから、まだ王位を継いでから三年程度のはずだ。

さらりとした亜麻色の髪と、頬の肉に埋もれた青灰色《せいかい》の瞳《ひとみ》。

警戒心を抱かせない笑みは親しみやすく、ゼルクトラとの血の繋《つな》がりを微塵も感じさせない。ぽっちゃりとした体形だけには貫禄《かんろく》があるといったところか。

「魔女殿、呼び立ててしまい申し訳なかったね。こちらから赴こうにも周りの者達がそれを許してくれない、堅苦しい身の上なもので」

魔女を頼ろうという時点で後ろめたい相談があると予想していたのに、国王はあっさりと謝罪を口にした。本当にどこにでもいる平民の青年のようだ。

「直接訪ねられなかった謝罪として、せめてこちらから名乗らせてもらうよ。私はディルスト・ウェントラース。見ての通り、この西ウェントラース王国の統治者さ」

「……『死の森』の魔女だよ」

偏屈な祖母ならこんな対応だろうと、リコリスは名乗りを返さなかった。

広い謁見の間には先導をしてくれた寡黙な騎士と、国王陛下であるディルスト。そして玉座の斜め後ろに控える女性しかいない。

意外なほど気さくな国王陛下の背後で微笑《ほほえ》んでいるのが、王太后だろうか。謁見の間のきらびやかさに引けを取らない豪華なドレスをまとっていた。

亜麻色の髪は国王とそっくり同じ色合いだが、雰囲気は全く異なる。

紫紺のドレスは体にぴたりと沿ってまろみのある曲線を強調しており、くびれた腰から尻《しり》にかけては成熟しきった色香をかもし出している。きつく結い上げられた髪と艶《あで》やかな真紅の唇は苛烈《かれつ》な印象を与えるものの、妖艶《ようえん》としかたとえようのない女性だった。

ゼルクトラから聞いていた印象通りとも言えるが、先入観は禁物だ。リコリスなりに人物像を見極めねばならない。

「早速だが、わざわざ呼び出した理由を教えてもらおうかねぇ？　私もそれほど暇じゃないから手短に頼むよ」

対等な立場であることを示すように、あえて敬語を使わない。

ディルストは気にした素振りも見せずに本題に入った。

「うん、実はね――【忘れ薬】を購《あがな》いたいんだ」

【忘れ薬】。それは、魔女の秘薬に分類される。

用法用量を守ればごく短期間の、間違えれば生まれ落ちた瞬間からの記憶を全て失ってしまう、扱いの難しいものだ。

「どうして必要なのか、誰に服用させるつもりなのか。私に相談するに至った経緯まで正直に話さない限り、薬は売れないよ。話したところで徒労に終わるかもしれないけどね」

「魔女殿の噂《うわさ》は聞いているよ。では、包み隠さず話そうか」

ディルストが言うには、【忘れ薬】を使用する対象はソーニャ・フォンティーヌという、高位貴族の女性。

彼女は若くしてある伯爵家に嫁いだが、四年の結婚生活を経たのち、現在は実家に戻っているという。

「相手は、クルセーズ伯爵家の当主だ。元、が付くけれどね」

クルセーズ伯爵は、先月老衰で亡くなってしまったらしい。

享年六十二。大往生といえる。

──……ん？　待って。そのソーニャって人、若くして嫁いだって言ってなかった？

頭の中に渦巻く疑問と動揺を必死に押し殺しながら、リコリスは頷《うなず》く。

「なるほど。かなり歳の差のある夫婦だったようだね」

「確か、嫁ぐ時は十七歳だったと聞いたな。政略結婚では珍しいことじゃないけれど」

つまりその女性は、現在もまだ二十一歳。クルセーズ伯爵とは四十歳以上も離れていたということになる。それを政略結婚の一言で片付けていいのか。

「結婚後に恋愛感情が生まれることもあるだろうが、気持ちの悪い話だねぇ。これだから貴族ってやつはいけ好かないんだ」

本音を吐き捨てれば、つぶらな瞳をさらに丸くさせたディルストが笑い出した。

「魔女殿は面白い方だね。ぜひ名前を伺いたいな」

「お断りだよ。馴《な》れ馴れしい人間は信用できない」

「フフ、これは手厳しい」

なぜか嬉《うれ》しそうな彼を促し、脱線した話を戻す。

あまりにも早く夫を亡くしたソーニャに、心ない噂が立ってしまったことが、今回の呼び出しの理由だという。

彼女は美しく、どこか捉《とら》えどころのない雰囲気をしている。

その美に対しての嫉妬《しっと》もあるのだろう。伯爵は老衰で亡くなったのに、本当の死因は別にあるのではないかと、口さがない令嬢達の間で囁《ささや》かれるようになったのだ。

いわく、遺産目当ての毒殺ではないか。

あるいは当主の座に目が眩んだのかもしれない。

若い恋人と堂々と付き合うために邪魔者を排除したのではないか。恋人と共謀し、伯爵家を乗っ取るつもりなのでは。

もちろん全てでたらめだ。

けれどまるで毒婦であるかのように誹謗《ひぼう》中傷され続け、ソーニャは実家に籠《こ》もるようになってしまったのだという。

そんな折、東ウェントラース共和国から縁談話が持ちかけられた。

あちらの盟主の息子と王国側の貴族令嬢を娶《めあ》わせ、交流を図ろうというものだ。

名前が挙がったのが、出戻ったばかりのソーニャだった。

願ってもない話に家族はずいぶん乗り気だというが、当の本人が頑として頷かない。そのため、【忘れ薬】で全てを忘れさせるという強硬策が出てきたらしい。

「国内だけの問題ではないから、あまり長く保留にしておけなくてね。ちなみに発案者はソーニャの両親だ」

「徹頭徹尾、胸が悪くなるような話だね……」

そもそも、なぜ縁談を拒むのか理由をしっかりと聞き出し、嫌がる要素を排除していく方が現実的だ。解決のための努力もせずに魔女の秘薬にすがろうなんて甘すぎる。

「その話を私に持ち込んだってことは、あんたも【忘れ薬】を使うことに賛成しているって解釈でいいのかい。国王陛下様？」

「待って、誤解だよ。人を物のように扱っていいはずがないから、私が間に入ることで強行しようとする彼女の両親を宥《なだ》めすかし、話を差し止めたんだ」

底冷えのする声で問えば、ディルストは焦って弁明する。

そう。リコリスが何より憤っているのは、ソーニャに白羽の矢が立った理由だ。

彼女には出戻りという瑕疵《かし》がある。そのため、王国側からすれば下げ渡したところで痛くも痒《かゆ》くもないということなのだろう。

つまり【忘れ薬】を使用すること自体が、全く非のないソーニャに対する不当な扱いを支持するも同然。発案したという彼女の両親の人柄も知れるというもの。

自らの名をもってリコリスを呼び出したディルストも同じ考えなのかと勘繰ったが、誤解のようでよかった。

「解決策も浮かばないし、このままではいたずらに時が過ぎてしまう。そこで、ソーニャの両親への体裁もあって魔女殿を呼び出したんだ」

「それは、【忘れ薬】どうこうじゃなく、万事解決する方法を考えろってことかい。魔女を便利な道具か何かと勘違いしているんじゃないかね？」

「人は誰しも複雑な事情というものを抱えている。そうでしょう、魔女殿？」

面倒ごとを丸投げする事情など知りたくもない。

リコリスは吐き捨てるように結論を口にした。

「悪いがお断りだね。私は善人じゃないが、権力を笠《かさ》に着て何でも思い通りにしようって奴らに従うのは大嫌いなんだ」

王族とはいえ、ディルスト自身は悪い人間ではないかもしれない。

けれど国王という立場にありながら、権力に対する責任感がなさすぎる。臣下の暴走を諫《いさ》めることもできない国王ならば、操り人形と大差ないではないか。

親しみやすさは長所だが、翻せばただの日和見《ひよりみ》主義者となる。

「私にどうしても仕事させたいっていうなら、国宝でも持ってきな。そうだね、あんたがかぶっている王冠に付いたルビーを寄越すなら、考えてあげてもいいよ」

真紅のベルベットと純金で作られた宝冠は、王家に代々伝わるものだ。その中心にはめ込まれた大粒のルビーが、ディルストの頭上で燦然《さんぜん》と輝いている。

これにはさすがに腹を立てるだろうと思いきや、彼は案外冷静だった。

「純粋な疑問なのだけれど、ルビーを手に入れてどうするんだい？」

「ヒッヒッヒ。粉々にすり潰《つぶ》して、秘薬の材料にするのさ」

「なるほど。では交渉成立だね」

王太后は途端に顔をしかめ、忌々《いまいま》しげに自身の子を見下ろした。

とはいえリコリスも驚きを隠せない。あっさりと頷く国王を、フードの下から思わず二度見してしまう。

反感を買って城から追い出される算段だったのに、見事にあてが外れた。考えると言ったからには、舌の根も乾かぬ内に相談を撥《は》ね付けることはできない。

王太后が未《いま》だに恐ろしい形相をしているのだが、彼の一存で国宝の授受を決めていいのだろうか。日和見と解釈していた国王の人柄が急に分からなくなる。

引くに引けなくなったリコリスは、苦々しく溜《た》め息をついた。

「――私は、国政のことなんか分からないからね」

とりあえず引き受けるという意図が正確に伝わり、ディルストは満足げに頷いた。

「問題ないよ。魔女殿は、思うままに動いてくれればいい」

不測の事態が起こっても全て収めてみせると言わんばかりだが、彼の真意が読めない。

その気概があるならば、わざわざリコリスを呼び付けずとも己の力だけで何とかできたはずだ。ソーニャの両親への体裁という理由だけでは弱い。

リコリスの疑問を読み取ったのか、彼は頬杖《ほおづえ》をつきながら目を細めた。

「……私にも、秘薬だろうと何だろうと、すがりたくなる気持ちは分かるんだ。もしそれが似たような考えを持つ味方であれば、これほど心強いこともないでしょう？」

青灰色《せいかい》の眼差《まなざ》しは物思うようにも、こちらの動向を窺《うかが》っているようにも見える。

リコリスはしばらく真っ向から見つめ返したのち、ゆっくりと視線を外した。

「なら好きにさせてもらうよ。まずはそのソーニャって娘に会おうか。話はそれからだ」

「彼女は、王宮で保護しているんだ。両親の許《もと》にいても落ち着かないだろうから」

一緒にいて落ち着かない両親という点は、もはや突っ込まない。

リコリスはくるりと振り返った。

「案内を頼もうか、そこの騎士その一」

雑な扱いを受けたことがないらしく、生真面目そうな騎士は絶句した。

その上、ディルストが笑って追い打ちをかける。

「ハハ、いい呼び名だね。よろしく頼むよ、騎士その一」

主《あるじ》のひどい悪乗りにさらに愕然《がくぜん》とする騎士だったが、やがて諦《あきら》めたのか、そっと肩を落として歩き出す。国王陛下の冗談に日頃から振り回されているのかもしれない。

案内されたのは、一見普通の客室だった。

外側から施錠されてさえいなければ、だ。

気付かなかったら好待遇と解釈しただろうが、これはほぼ監禁だ。扉の脇を固める騎士達も、護衛というより監視の意味合いが強いのだろう。

ゾクリとしたものを感じながら、リコリスは促されるまま入室した。

日中だというのにカーテンが閉じられ、部屋の中は薄暗い。

窓辺に置かれた椅子の上に、置物のように動かない人影があった。闇に溶け込んでしまいそうな黒いドレスをまとっている。

「あんたがソーニャかい？」

「あなたは……」

「私は『死の森』の魔女さ。あんたに聞きたいことがあってねぇ」

近付くと、彼女はぎこちなく顔を上げた。

折れそうに華奢《きゃしゃ》な肩は少女のようで、頼りなげに下がった眉尻《まゆじり》と薄青の透き通った瞳《ひとみ》にも儚《はかな》げな雰囲気がある。

けれど何より目を惹《ひ》くのは、柔らかな弧を描く海の色の髪だ。

世界的にも珍しいのではないだろうか。これほど鮮やかな青色の髪を、リコリスは見たことがなかった。あまりにも目立つし、自然と視線が釘付《くぎづ》けになる。

同年代の令嬢達の気持ちが少しだけ分かった。

「あんた、喪服を着ているんだね」

ソーニャは突然現れた魔女に戸惑っている様子だったが、小さく頷いた。

「ええ……。わたくしとしては、今でも妻であるつもりなので……」

「それは、押し付けられそうな縁談に抵抗するための意思表示かね？」

何気なく訊《き》いたのだが、彼女の大きな瞳にみるみる涙が溜《た》まっていく。リコリスは内心盛大に焦った。

「な、何だい急に。鬱陶《うっとう》しいね」

「すみません……」

ソーニャは、泣きながら頭を下げる。

艶《つや》やかな青い髪が柔らかく揺れ、真珠のような涙がキラキラと光を弾《はじ》いた。

まるで【人魚の涙】だ。

人魚については様々な伝説があるが、ウェントラース国では不実な恋人に絶望した若い女性が水の精となった、というのが一般的だ。その声で漁師を誘惑して遭難させるというのは、航行の難所に伝説を重ね合わせたゆえのものだろう。

人魚の涙といえば大抵は真珠やアクアマリンといった宝石を思い浮かべるだろうが、魔女にとっては違う。【人魚の涙】とは、【惚《ほ》れ薬】の通称だ。

男性を惑わし破滅させる。ソーニャには、【人魚の涙】がそんな力を秘めていると思わせるような何かがあった。彼女の髪を使えば【惚れ薬】の効果も上がるかもしれない。

ソーニャは、花びらのような唇を震わせた。

「正式な妻では、なくなってしまいました……。彼は、亡くなる直前、わたくしの知らないうちに離縁の手続きを……。未《いま》だに、なぜなのか分かりません。わたくしのことが、いらなくなってしまったのではないかと……」

顔を覆ってさめざめと泣く彼女を見下ろしながら、リコリスは目を瞬かせた。

四十歳以上も歳の離れた、政略結婚。

けれど、離縁されたと身も世もなく嘆く姿を見ていれば、今でも亡き夫を想っていることくらい容易に想像できる。

誹謗中傷に耐えかねて実家に籠《こ》もるようになったと聞いていたが、実際は離縁された心痛で塞《ふさ》ぎ込んでいたのだろうか。

「私は、あんたに【忘れ薬】を処方するよう頼まれている。——あんたは、伯爵のことを忘れたいと思っているかい？」

ただ泣き続けるばかりだったソーニャが、顔を上げる。

薄青の瞳には、思いがけず強い光が宿っていた。

「【忘れ薬】？　そんなもの必要ありません。この想いは、わたくしの誇り。誰に誹《そし》られようと手離すつもりなど毛頭ないのですから」

一体ほっそりとした体のどこに、これほどの強さを隠していたのか。

圧倒されるほど強靱《きょうじん》で、獰猛《どうもう》ですらある。

弱々しく、守られることを当然としている女性かと思っていた。リコリスは己の勝手な思い込みを恥じた。

「あんたの気持ちは分かったよ。今回の話は私の方から正式に断ろう」

安心させるために告げたのだが、彼女は戸惑うように顔を曇らせた。

「断ると言っても……『死の森』の魔女様も危険ではないでしょうか？　あなたに【忘れ薬】を作るよう命令されたのは、王太后陛下なのでしょう？」

こちらを案じるソーニャの眼差しには、かすかな怯《おび》えが見え隠れしている。

リコリスは確信を込めて問いかけた。

「あんたをここに閉じ込めたのは、王太后なんだね？」

「……扉の前に立つ騎士の方が、そう口にしていらしたので」

彼女は恐る恐る、けれどはっきり肯定した。

王宮で保護しているというディルストの言葉は嘘《うそ》だったのか。

ともかく証言を得た以上、これからどう動くべきかを算段しなければならない。

「あんたは、一刻も早くここを出た方がよさそうだね。その綺麗《きれい》な髪と引き換えにして、私に命を預けてみるかい？」

「髪……ですか？」

「秘薬の材料にできるかと思ってね。そうでなくても役立てようはいくらでもある」

ソーニャはしり込みをしているのか、顔を上げようとしない。

「わたくしは、ここを出たとしても、実家に閉じ込められるだけです。縁談から逃げ出せば、両親もひどく怒るでしょうし……」

だから、どうすればいいのか分からない。

彼女が欲しているのは、ぬるま湯のように優しい慰めと励ましだ。そう理解しながら、リコリスはあえて冷たく突き放した。

「このまま両親のいいなりになるか、自ら考えて行動を起こすか。それはあんた次第であって、私には関係ないことさ。怖いならいつまでも操られていればいい」

唯々諾々と家族に従うも自由だが、肝心なのは全て自分自身で選び取ること。この先いつだって助けがあるわけではないのだから、他人に選択を委《ゆだ》ねることはできない。

ソーニャは不意を突かれたように目を見開いた。

返事を確認することもなく、リコリスは扉へと向かう。

背中に、震える声がかけられた。

「報酬の髪は……どのくらい必要ですか？」

凛《りん》と立つソーニャの瞳には、まだ不安が残っている。けれど真っ直ぐにリコリスを見据え、決して視線を逸《そ》らさなかった。

リコリスは愉快な気持ちになって笑う。

「ヒッヒッヒ、もちろん根こそぎいただくさ。『死の森』の魔女が業突く張りってことくらい、あんただって知ってるだろう？」

「できれば、人前に出ても恥ずかしくない長さで手を打っていただきたいのですが」

「度胸のある女は嫌いじゃないよ。値切った根性を認めて、少しだけまけておこう」

交渉が成立し、二人は暗い部屋から踏み出した。


謁見の間には、当事者が一堂に会している。

全てリコリスの采配《さいはい》だ。騎士その一に任せたところ短時間で実現したので、案外彼はそれなりの権限を持っているのかもしれない。

あくまで沈黙を守る王太后に、これから何が起こるのかと期待に目を輝かせているディルスト。毅然《きぜん》と前を向くソーニャ。

まず、ディルストが口を開いた。

「十分に話は聞けたようだね、魔女殿」

「ぼちぼちってところだね。あんたこそ、『思うままに動いていい』って言ったこと、しっかり覚えているかい？」

「もちろん。約束は守る」

「じゃあ言わせてもらおう。私は、【忘れ薬】を売らないと決めた」

朗々とした声で告げれば、広い謁見の間がしんと静まり返った。

「――なぜ、と聞かせてもらおうか？」

王太后が初めて口を開いた。

風格の漂う容貌《ようぼう》そのままに、威厳のある口調。彼女は真っ赤な唇に笑みを湛《たた》えており、リコリスは絨毯《じゅうたん》を踏みしめる足にぐっと力を込めねばならなかった。

笑みだけで気圧《けお》されてしまいそうだ。

「むしろ、なぜと聞きたいのはこっちの方さ。本人は、【忘れ薬】を飲むことも共和国に嫁ぐことも拒んでいるじゃないか。それ以上の理由なんてないだろう」

「それは困ったこと。幼子の使いじゃないのだから、嫁ぎたくないから嫌だなんて理由はまかり通らない。特権階級に生まれし者には、あらゆる義務が伴う。ソーニャ、そなたもそのように教育されてきたはずだ」

視線を向けられたソーニャの肩が、小さく揺れる。

リコリスは、背中で庇《かば》うようにして王太后の眼差《まなざ》しを遮った。

「ウェントラースが分断されて以来、共和国側との縁談なんて初めて聞いたね。前例のないことを強引に推し進めれば失敗に繋《つな》がるものさ。当事者の意見も聞き入れた上で、じっくり話し合うべきだろう」

「残念ながら、その時間はない。そなたが暮らす『死の森』のおかげで、迂回《うかい》してシュヴァルナハト山脈を越えねばならないのだ。標高が高すぎるために、夏の終わりには雪が舞いはじめると聞く。雪が降れば山越えは難しい」

半年内に縁談をまとめなければ、また次の冬がやってきてしまう。そこまでの日延べはできないので急いでいるということだ。

「ウェントラースを再び一つの国とするために、呑《の》み込まねばならないこともある。残酷に感じるだろうが、仕方のないことなのだ」

誰かの犠牲の上に成り立つ平和。――リコリスが最も憎むものだ。

「……本当にそれが目的なら、急げばなおさらまとまらないだろうに」

「そなたに政治の何が分かる？」

「確かに何も知らないね。それでも、魔女の秘薬を求める人間が後ろ暗い目的を隠し持っているってことは、嫌というほど知っているのさ」

ソーニャに会って気付いたことがある。

彼女は、驚くほど華奢《きゃしゃ》で儚《はかな》げだったのだ。

過酷な長旅など到底耐えられそうにないほど。

戦争とは、時折冗談のようなきっかけで起こる場合がある。

飼育していた家畜を追いかけて領土侵犯をしたとか、貴族の馬車の前に飛び出した異国の子どもが切り捨てられたとか。世の中には、本当に様々な事例があるのだ。

両国間には領土問題も残っているし、些細《ささい》なことすら火種になる状態だった。

共和国に嫁ぐ道中で花嫁が死亡する。

これだって、十分な火種になるはずだ。

「本当に、再び一つの国とするために動いているなら問題ない。だがソーニャを利用して戦争を引き起こそうって腹なら……私は絶対に許さないよ」

地を這《は》うような低い声を発すれば、ディルストとソーニャが息を呑むのが分かった。

リコリスの奥底から燃え上がっているのは、怒りだ。

罪のない者達が、国からの命令によって傷付け合う。そんな不条理を許すつもりはなかった。たとえ、どんな崇高な目的があったとしてもだ。

フードの下から睨《にら》み付けると、王太后が高らかな笑い声を上げた。

「下世話な深読みだ。魔女とはまこと、愚劣な生きものらしい」

「……ただの杞憂《きゆう》と言い張るなら、今すぐ証明してみせればいいのさ。それができないのならこの話は終わりだよ。【忘れ薬】は渡さない。もっと別の方法を考えな」

「『ない』ものの証《あかし》を求めるだなんて、まるで悪魔の証明だ」

王太后は、心底おかしそうに笑い続けている。

元々悪魔の証明とは、土地の所有権を過去に遡《さかのぼ》って証明することの難しさを表現した言葉だ。消極的事実の証明は不可能という意味合いを指す。

「言い換えれば、私に【忘れ薬】を作らせるのは不可能ってことさ」

そう言って嘲笑《あざわら》うと、リコリスはソーニャに向き直った。

彼女は可哀想なくらい顔色を悪くしていた。ただの政略結婚だと思っていたのだから、当然の反応と言える。

その上血の繋がった両親は、この縁談に乗り気だったのだ。

王太后の思惑を知らず軽率に賛同していただけならまだいいが、実の娘が死ぬかもしれないと知っていた可能性がある。

ソーニャもその事実に思い至っているのだろう、細い肩が震えていた。

リコリスはポケットを探ると、植物の茎を取り出した。乾燥させる前は可憐《かれん》な黄色の花を咲かせていたが、すっかり色褪《いろあ》せてしまっている。

「金曜日に摘んだセントジョーンズワートには、身に付けているだけで精神疾患を寄せ付けない力がある。あんたには特別に、タダであげよう」

薬としても有用で、乾燥させてハーブティーにすれば抗うつ効果が期待できる。その場合成分が強すぎるので医師の見立てが必要になるけれど、彼女は身に付けるだけで十分だろう。要はお守りだ。

ソーニャは強い。

恐ろしい事実を聞かされ不安そうにしているが、薄青の瞳《ひとみ》は光を失っていない。夫への愛が彼女を強くしているのかもしれなかった。

王太后が、ぴたりと笑い止《や》んだ。

「――全くの事実無根だが、そなたがその話を広める可能性は看過できない」

コツ、コツ、コツ。

ヒールの音が次第に近付いてくる。

まるで、獲物をいたぶる獣だ。

肩にたおやかに手が置かれ、しなだれかかるように身を寄せられた。

同時に、ローブのフードが背中に落ちる。

突然のことにすぐには反応できなかった。

「──あぁ、やはり。そなた、伝説の魔女ではないな」

金色の瞳を見られたことに震えそうになるが、恐怖を悟られないようことさら落ち着いた動作でフードをかぶり直す。

「……さて。私自身、伝説の魔女だと明言したことは一度もないけどねぇ」

「素直に名乗り返さなかった時から、おかしいと思っていたのだ。口調は上手《うま》く真似ているようだが、誤魔化そうとしても無駄なこと。戦は許さないなどという腑抜《ふぬ》けたたわ言を、あの老獪《ろうかい》な魔女が口にするはずがない」

既知であるかのような口振りに、リコリスは今度こそ動揺した。

「祖母と会ったことが……」

「なるほど。孫があとを継いでいるということは、あの女は死んだか。有能な人材だっただけに惜しいことだ」

楽しげな囁《ささや》きに、祖母を悼む響きは一切ない。

不快な吐息が耳をくすぐる。毒を直接注がれているようで、ひどくおぞましかった。強い眼差しで前方を見据えるリコリスは、王太后とは決して視線を合わせない。顔を見れば冷静でいられなくなりそうだった。

「祖母に会ったことがあるということは、今日のように何か依頼したのね。……先の独立闘争が、関係している？」

王太后も、先王陛下と共に深く関わっているだろうと、半ば予期していた気がする。戦争を引き起こす理由など分からない。けれど彼女が、人の命に価値を見出《みいだ》していないことだけは、十分に理解してしまったから。

「ほう、思いのほか賢《さか》しいな。そのくせ貴族ほど練れていないのだから、扱いに困る」

王太后は、肯定も否定もしなかった。

熱が全身を駆け巡り、目眩《めまい》がする。

――駄目。冷静にならないと。冷静に……。

無理だ。全身が怒りに震える。腹の底から憎悪が噴き出しそうだ。

苦しめてやりたい。何としても、ありとあらゆる手段を用いてでも。

「あんたは間違ってる。どうして戦争を起こそうとするの？」

「力なき身で正義を語るとは、何ともおこがましいな。──『死の森』の魔女など、もはや恐るるに足らず！　みなの者、王家の宝冠に手を出そうとした不届き者を捕らえよ！」

その時、謁見の間の扉が乱暴に開く。

なだれ込んでくる騎士達に、リコリスは素早く身構えた。

「……愚かな娘だ、従順にしていればこんな目に遭わずに済んだものを。そなたの祖母の分まで、せいぜい手駒として役立ってもらおう」

王太后が、騎士達に向けて合図する素振りは見られなかった。つまり、ここに集合する前に指示を終えていたということだ。

そもそも全く信用されていなかったし、ただで帰すつもりもなかったのだろう。

けれど、リコリスとて信用していなかったのは同じこと。

騎士達に囲まれてしまう前にとソーニャを突き飛ばす。倒れかける華奢な体を、ディルストがすかさず支えた。意外に機敏だ。

ずらりと並ぶ屈強な騎士達。

二十人以上はいるように見えるから、普通なら太刀打ちできないだろう。何の力も持たない、非力な女性ならば。

胡散臭《うさんくさ》い登城命令を受けたのだ、色々準備をしておいたに決まっている。

リコリスはポケットから、手の平に収まる短い杖《つえ》を取り出した。

騎士に斬りかかられるよりも早く、それを王太后に突き付ける。

「――動かないで」

鋭い声を発すると、警戒した騎士達がピタリと静止する。

「それ以上近付くことは許さない。王太后を解放する条件は、私が無傷で帰ることよ」

目に見えて怯《ひる》む騎士達をしり目に、王太后はヒクリと喉《のど》を震わせて笑う。

「惑わされるな、このような小娘に何ができると……っ」

「勝手に喋《しゃべ》らないでくれるかしら？」

リコリスは無情なほどあっさり杖を振るう。

すると、不思議なことが起こった。

衆人環視の中、王太后はみるみるロバへと変わっていくではないか。

「貴様……っ！」

気色ばんだ騎士が踏み出そうとするが、リコリスは素早く杖を向けて動きを封じた。

「学習しないのね、近付くことは許さないと言ったばかりでしょう。人の姿に戻すくらい簡単なことなのだから、いちいち目くじら立てないでちょうだい。……まぁそれも、私が無事でいてこそだけど」

金色の瞳が怪しく光る。

まるで魔性そのもののような気配に、誰かが唾を飲《の》む音がした。

全員の戦意がなくなったことを十分に確かめてから、リコリスは傍らのロバを見下ろした。

暴れ回って蹄《ひづめ》を鳴らす姿は憐《あわ》れなものだ。

「祖母でないからと侮ったことが運の尽きね。この杖は、『アロンの杖』と同じ、アーモンドの木から作られたものよ。話くらい聞いたことがあるでしょう？

『アロンの杖』とは、有名な伝説の一場面に出てくるものだ。

古代、とある民族が新天地を求めるも、時の王から国を出る許可が下りなかった。

彼らが崇《あが》める神はアロンという男に杖を与え、王と戦わせた。王も負けじと呪術師《じゅじゅつし》を呼び寄せ、凄《すさ》まじい魔術合戦へと発展していく。

『アロンの杖』は次々と恐ろしい術を繰り出した。投げた杖は蛇に変じ、杖で川を打てば魚が死んだ。その水は臭くて飲めなくなり、やがて血に変わる。さらに蛙《かえる》やイナゴの大群、果てには疫病や闇まで生み出したという。

その戦いは結局神が決着させるのだが、『アロンの杖』の凄まじさは言うに及ばない。

「『アロンの杖』ほどの威力はなくても、ロバに変身させることくらいできるのよ。どう、民草がありがたがる家畜になった気分は？」

鼻息を荒くするロバに、リコリスは酷薄な笑みを見せた。

「あんたが二度と戦争を起こさないよう努めるというのなら、元に戻る方法を教えてあげる。断るなら、カラムスというハーブで作った秘薬を全身にふりかけるわ。カラムスにはね、呪いの効果を高めて定着させる性質があるの」

「――すまないけれど、そのくらいで許してもらえないかな？　その姿では母上も、答えることができないだろうから」

ますます怒り狂うロバとの間に割って入ったのは、あくまで泰然としたディルストだ。

「王太后に代わり、魔女殿との取引には国王であるこの私、ディルスト・ウェントラースが応じよう。この場にいる全ての者達が証人となる。――みな、心するように！」

謁見の間に、びりびりするほど覇気に満ちた声が響き渡る。

畏怖《いふ》すら感じさせる堂々とした振る舞いに、リコリスは体を強《こわ》ばらせた。

体形以外に貫禄はないと思っていたが、どうやら甘くみていたらしい。彼はまさしく、人の上に立つに相応《ふさわ》しい器のようだ。

黙らざるを得なかったリコリスを、ディルストが振り返る。その時には、どこにでもいる平民の青年のような雰囲気に戻っていた。

「城の外まで送ろう。事情を知らない者もいるから、私はいい人質になるでしょう？」

リコリスは肩から力を抜き、深く嘆息した。

「……窓さえあればどこでもいいわ」

遠回しに応じると、彼は穏やかな笑みを浮かべた。

◇◆◇

謁見の間の様子を、薄暗い部屋で眺める者達がいた。

赤ワインや摘まむものなどは用意されているが、徹底した人払いがなされている。殺風景で狭い空間には、三人の男達以外いなかった。

「……ふむ。王太后は、どうやらしくじったようじゃ」

「愚かなことを。魔女をおだててその気にさせてしまえば、上手《うま》く運んだだろうに」

「ソーニャに計画を知られてしまったのは厄介だな。万が一のために、別のあてを探さねばならなくなる」

壮年の貴族達は、口々にロバとなった王太后をくさす。まるで自分達こそが国の頂点であると言わんばかりの傲慢《ごうまん》な態度。

謁見の間を覗《のぞ》き見ることができるここは、隠し部屋だ。

王族にのみ口伝で伝えられており、彼らは王太后からその存在を聞き出していた。

でっぷりと太った男が、一人がけのソファに身を沈めながら呟《つぶや》く。

「しかしあの魔女、伝説の魔女ではなかったものの実力は確かなようだ」

彼の言葉を受け、宝飾品をこれでもかとまとった男が頷《うなず》いた。

「うむ、利用価値はありそうだ」

「若い娘のようであったし、操るなど造作もないこと」

立派な顎《あご》ひげを蓄えた男が追従すると、太った男が下卑た笑みを漏らした。

「辛《つら》い現実など何も知らないだろう顔をしていたな。ああいった世間知らずを調教して、服従させるのも一興かもしれぬ」

「ハッハッハ、またオルセン殿の悪い癖が出たな」

「その時はぜひ見物させてもらおうか」

いやらしく笑い合う男達に、音もなく忍び寄る者がいた。

「――ずいぶん楽しそうだな」

冷や水を浴びせられたかのように、笑い声が止《や》む。

太った男が振り返った。薄暗く、かろうじて人影を捉《とら》えることしかできない。

ゆったりとした靴音と共に招かれざる者が近付いてきて、その一歩ごとに姿が鮮明になっていく。闇の中から現れたのは――王兄、ゼルクトラ・ウェントラースだった。

「なぜ、ここに……」

不遇な環境にもかかわらず、抗することなく従う王兄。

貴族達の間では専《もっぱ》ら愚昧と評されていた。

その青年が、これまで見たこともないような冷酷な表情で佇《たたず》んでいる。

ただならぬ威圧感に、男達の全身から冷や汗が噴き出す。

「義母上《ははうえ》は愚かではないが、策士でもない。父上に嫁ぎ風格だけは備わったが、甘言の裏にあるものを見極められない点はお変わりないようだ。……今回の一件、背後で暗躍する者がいるだろうと確信していた」

ゼルクトラは、黒い衣装をまとっている。

冷厳さはさることながら、まるで死神と遭遇したような心地になる。

「異母弟が、貴様らのような汚物と繋《つな》がっているとは思えない。それでもここを知っているということは、王太后の関係者と捉えるが」

若輩と侮っていた者に怯《おび》えるなど、矜持《きょうじ》の高い男達には許しがたいことだった。

顎ひげの男は、焦りを押し隠し悠然と構えてみせた。

「はてさて、一体何のことやら。そもそも後ろ盾のない王兄殿に、何ができると？」

訊《たず》ねられたゼルクトラは、僅《わず》かに目を瞬かせる。

「一理ある。だがしがらみがないからこそ、どんなことも可能とは言えないか？」

台詞《せりふ》と共に、カチャリと小さな金属音が鳴る。

彼は、左手に長剣を携えていた。暗がりの中で黄金の鞘《さや》が鈍くきらめく。

「幸い、ここは王族しか知らない隠し部屋。もし事件が起こっても数ヶ月先、いや数年先まで気付かれないかもしれないな？」

「ヒ――ッ！」

男達が我先にと逃げ出しかけたところで、再び第三者の声が響いた。

「楽しそうですね。私も交ぜてくださいませんか？」

漆喰《しっくい》でできた、大人ならば少々屈《かが》まねばくぐれない扉から、目の覚めるような白髪の美少年が顔を覗かせていた。恐ろしい状況にあっては、もはや救いの天使にしか見えない。

「そなた、リコリスのために待機していたはずでは……」

「使い魔を、ただ喋るだけの生きものとお思いで？　様々な能力があればこそ、彼女の現状はどこにいようと感知することができます」

顔見知りらしく、清らかな笑みの少年とゼルクトラが言葉を交わす。

貴族達は目まぐるしい展開についていけていないし、過度の緊張状態が続いたためか、頭がまともに働いていなかった。太った男などは少年のあまりの美しさにすっかり見惚《みと》れてしまっている。

天使のような少年の視線が、貴族達に向いた。その瞳《ひとみ》が魔性の金色であることに、顎ひげの男だけが気付いた。

「私の主《あるじ》は、ただ一人の判断によって国が動くことなどあり得ないと、そんな道理にさえ気付かないほど善良なのです。物事の本質を捉えるには純粋すぎるのでしょうね。──そう、先ほどあなた方がお話ししていたように」

少年が近付いてくる間も、貴族達は動かなかった。なぜか縫い止められたように、手足の自由が利かなかったのだ。

「調教？　服従？　醜悪な妄想で我が主を穢《けが》さないでくださいませんか」

本当の死神は白髪の少年の方であったと、男達が気付くことはもうない。

少年が手繰るように手を動かす。それだけで、白い靄《もや》のようなものが男達の口から抜き取られていく。作業が終わる頃には、全員が生ける屍《しかばね》のようになっていた。

なるほど。ゼルクトラに先を越される前に制裁を下すほど、少年は怒っていたらしい。

「見事な手際だな。一瞬で腑《ふ》抜《ぬ》けになったが、それは一体？」

「魂を半分だけ抜き取りました。彼らはこの先何も感じず、何も考えず、緩やかに死へと向かっていくでしょう。せめて余生くらいは心穏やかに過ごして欲しいものですね」

少年の腕には、まだ靄のようなものが巻き付いている。

よく見ると濁っていたりどす黒かったりと、魂の色にも様々あるらしい。

「ちなみにそれはどうする？　食べるのか？」

「まさか。悪食でもない限り、ここまで穢れきった魂を食す者はおりませんよ」

残忍に笑い、少年はまとわりつく靄を握り潰《つぶ》した。

使い魔ではない。これは、悪魔だ。

ゼルクトラはそう直感しながらも、別の懸念を口にした。

「リコリスに、このことは言わないでくれると助かる」

「そちらが本性、ということをですか？」

曖昧《あいまい》にぼかしても的確に痛いところを突いてくる少年に、ゼルクトラは小さく笑った。

自分の本質がよいものでないことくらい分かっている。

ゼルクトラは、リコリスに指摘されている通り他者の感情に疎い。

それは育った環境のせいでもあり、彼自身のせいでもあった。

これまで他人に対して、興味を抱いたことがないのだ。生への執着が少ないために、必要のない『感情』というものが削《そ》ぎ落とされてしまったのかもしれない。

だから貴族達を手にかけようとしたし、少年さえ来なければ平然と実行できていただろう。彼らの死を悲しむ家族がいることを想像してみても、何の感慨も湧かない。

にもかかわらずゼルクトラは、リコリスに執着しつつあった。

真正面から怒ってくれた時の感覚は、今でも鮮明に思い出せる。

初対面の相手だ。魔女である彼女の許《もと》に悩みを持ち込む者はあとを絶たないはずだし、その一つ一つに真剣に関わっていればきりがないだろう。

『あんたが、あんたを見捨てるな！』

それなのに全力で叱り飛ばしてくれた。

あの時、確かに心が震えた。

決して手離してはならないと思った。

「……俺はこれからも、存分に甘え倒すつもりだからな。本性がばれてはやりづらい」

「では、お互い様ということで」

あるいはいつか、この使い魔に消されてしまう日が来るかもしれない。

そう思いながらも、ゼルクトラはノアと不敵な笑みを交わした。

◇◆◇

「あなたはすごい魔女だね。今頃ロバを中心にして、謁見の間は大騒ぎだろうな」

回廊を歩きながら、ディルストはさもおかしげにこぼした。

「何でもありに思われがちだけど、意外と色んな制約があるのよ。すごく見えるのなら、それは私が偉大ってことだわ」

「これはこれは、恐れ入る」

おどけて笑う彼は、自分の母親がロバにされたというのに少しも動揺していないように見える。底の知れない青年だ。

「ソーニャは、実家に戻してもらえるの？」

「大丈夫。信頼できる騎士に、既に指示してある。身の安全を約束するよ」

真実を知ってしまった彼女に、王太后が手を出さない保証はない。

けれどディルストの王としての貫禄を見せつけられたあとだからか、何だか本当に問題ないような気がしてくる。

報酬の髪をもらっていないため後日改めて会いに行く必要はあるが、身を守る道具などは用意しなくてよさそうだ。

「じゃあついでに、彼女の離縁を国王権限で何とかしてもらおうかしら」

「彼女は離縁されたことを未《いま》だ悲しんでいると聞いたよ。もちろん、既に指示してある」

「……有能すぎ。性格が悪いとは言わないけど、あんた相当なくせ者よね」

リコリスのぼやきに噴き出したのは、後ろをついて来ていたあの寡黙な騎士だった。

ディルストが半眼になって振り返る。

「何を笑っているんだい、騎士その一？」

「その呼び方は本気でやめてください、陛下」

騎士は苦り切った顔になるも、いかにも堅苦しげだった雰囲気が和らいでいる。

ついまじまじ見つめていると、気付いたディルストが笑った。

「彼は、幼馴染《おさななじ》みなんだ。誰より信頼する騎士でもある」

その言葉を受け、騎士は生真面目に目礼する。

誰より信頼する騎士を『騎士その一』呼ばわりするディルストとでは正反対の気質に見えるが、きっと他人には知り得ない絆《きずな》があるのだろう。

「兄上には今まで、私にとっての彼のように心を許せる存在がなかった。だから今日、あなたの人柄が知れて安心したよ」

兄弟の間に情などないと思っていたから、異母兄を案じて発せられた言葉に少なからず驚く。そして同時に気が付いた。

ディルストがわざわざリコリスを呼び出したのは、異母兄の側に置いたままでいいのか見極める目的もあったのではないだろうか。

それはつまり、今回の一件より以前から、リコリスとゼルクトラの交流について調べが付いていたということだ。

「……母親をロバに変えられた皮肉かしら？」

「魔女殿の振る舞いは一見冷酷に思えるけれど、戦で命を落とすであろう数多《あまた》の人々を救ってくれた。少なくとも私は心から感謝している」

疑心から異母兄の動向を把握していたのかもしれないと探ってみても、ゼルクトラとよく似た青灰色の瞳からは、家族を思う真心以外感じられない。

余裕のある態度ばかりだったディルストがどこかもどかしげで、彼なりに異母兄の現状を憂えていることが分かる。

「母上は、兄上を戦地に送りたいがためだけに、戦争を引き起こそうとしている」

「……え？」

「王都から遠ざけて、あわよくば戦地で死んでしまえばいいと思っているのだ。……あまりに浅はかな理由だろう？　目の届かないところで問題が起こるよりはと、今回私自身の名であなたを呼び出させてもらった」

ディルストの吐露により、引っかかっていた全てのことに辻褄《つじつま》が合ってしまう。

リコリスは震える唇から言葉を押し出した。

「そんな身勝手な理由で、戦争を……？」

「……昔は、優しい方だった。兄上に対しても、精一杯母親らしく振る舞おうとしていた。報われない日々が、少しずつあの人を壊してしまったのだと思う」

どれほど愛したとしても、亡き前国王が想いを傾けるのは血の繋《つな》がった妹のみ。

それでもいつかはと希望にすがり、せめて正しくあろうと正妃の務めを果たし続けた。なのに前国王が変わることはなく、それどころか亡き実妹のあとを追うように、緩やかに衰弱していった。死によって裏切りは永遠のものとなる。

努力は報われず、ゼルクトラに与えていた愛情も無意味だった。

王太后の心は疲弊し、ひび割れてしまった。

今となっては周囲の貴族達に言われるがまま動く傀儡《かいらい》のような状態なのだという。

「母上はある時から、兄上に会うことを禁じるようになった。それでも私は兄と会いたくて、こっそり通っていたよ」

それを知った王太后は、ディルストをひどく叱った。

けれど彼にはどうしても理不尽に思えて、初めて母に反抗したのだという。

『兄弟なのだから一緒にいて当然だ』、『僕は国王になんてなりたくない。優秀な兄上の方が相応《ふさわ》しい』とね。……翌日兄に会いに行って、とても驚いたよ。顔が、痛々しいくらい腫《は》れていたんだ。思えばあれが、母が兄に振るった初めての暴力だった」

言葉を失うリコリスの隣で、ディルストは初めて穏やかな笑みを消した。

「真正面から楯突《たてつ》いても、余計に大切なものが傷付けられるだけだと理解したんだ。だから私はね、母上に都合のいい操り人形を演じ続ける。兄上の存在などないもののように振る舞う。──それが私なりの守り方だ」

それは、戦下に身を置く者特有の厳しい表情。

凡庸を演じながら彼も戦っているのだと思えば、言葉など出てこない。

それからしばらく、二人は無言で歩き続けた。

ディルストが立ち止まったのは、ところ狭しとものが置かれた手狭な部屋の前。物置部屋らしいが、確かにひと気は皆無だ。

リコリスは窓を開き、首から下げていた笛を吹く。人間には聞こえない音だが、使い魔はこれで気付いてくれる。

「王太后を元の姿に戻すには、薔薇《ばら》を食べさせればいい。それだけよ」

こちらも古い物語で、好奇心から魔女の軟膏《なんこう》を使用しロバになってしまった男の話だ。最終的には薔薇を食べて無事元に戻るのだが、その過程で色々な邪魔が入って難航するという面白い筋書きになっていた。

「案外お偉い方々って、おとぎ話や古い物語を知らないのね。このまま放置して帰っても面白そうだけど、今回はあんたに免じて許してあげる」

その言葉を受け、ディルストが真面目な顔付きになった。

「心優しき魔女殿に、国王として誓おう。戦争が起こらないよう努める。母上がこの先何を企てようと、必ず止めてみせると」

そうして彼は、深々と頭を下げた。

騎士その一も背後に控えつつ、彼にならっている。

たかが一介の魔女にと驚いてしまうが、そういう人間だからこそ信用できる。リコリスはほんの少し笑って頷《うなず》いた。

「その言葉、忘れるんじゃないわよ」

「あぁ、忘れない。序盤のあなたの面白い口調も、決して忘れないよ」

「っ、何なのよあんた達は兄弟揃って！」

窓を叩《たた》く音がしたので、リコリスは飛来したノアに摑《つか》まりこれ幸いと逃げ出した。

やはり王族は嫌いだ。

◇◆◇

多くの貴族が眠る墓は、王宮から少し離れた場所にある。

身分の低い者は街中にある共同墓地に埋葬されるが、こちらは管理が行き届いて整然としている。王都から外れたなだらかな丘陵地には、静かで厳粛な空気が漂っていた。

頭上にはよく晴れた青空が広がり、最近はすっかり暖かくなった。あちこちで草木が息づきはじめているためか、風に乗って花の香りがする。

リコリスはひと気のない墓地をしばらく進み、ようやく目当ての背中を見つけた。

「ソーニャ」

声をかければ、墓前で手を合わせていたソーニャが振り返った。

相変わらず喪服を着ているが、顔色は悪くない。以前会った時より健康そうだ。

「『死の森』の魔女様。先日は、たいへんお世話になりました。あの時は報酬をお渡しする時間がなく、気になっておりましたの」

深々と頭を下げられ、リコリスは肩をすくめた。

「対価に応じた働きをしたまでよ、感謝なんてしなくていいわ。その様子だと、王太后からの手出しはなかったようね」

縁談の真実を知ってしまった彼女の扱いがどうなるのかは懸念材料だった。

もし危害を加えられればと責任を感じていたが、彼女の穏やかな表情を見れば杞憂《きゆう》だったことが分かる。ディルストは見事に約束を果たしてくれた。

「いつお渡しできるか分からなかったので、髪を切らずにおりました。魔女様、何か切るものはお持ちですか？」

そのために来たので、しっかりナイフを準備している。

手渡せば、彼女は何度かに分けて髪を切った。一連の動きには一切躊躇《ためら》いがなく、腰より下まで伸びた鮮やかな青い髪はすっかり顎《あご》くらいの長さだ。

もらい受けるリコリスの方が動揺しそうになりながら、用意していた革袋に回収する。

ふと気付くと、なぜかソーニャがしのび笑っていた。

「何よ？」

「いえ。お会いした当初、魔女様は年齢を重ねた女性だろうとてっきり……」

「どうやら全剃《そ》りをご希望のようね……？」

「えっ？　いえ、あの、同年代というだけで勝手に身近に感じてしまい、たいへん申し訳ございませんでした」

わけも分からずといった様子で謝る彼女に、リコリスは目を瞬かせた。

王家の異母兄弟に引き続き、またも対外用の演技を笑われたと勘違いしてしまったが、どうやら馬鹿にする意図はなかったらしい。現金なもので、悪い気はしない。

これまで若い女性には怖がられてばかりだった。金の瞳《ひとみ》を見ても態度を変えなかった同世代の女性など、ソーニャくらいだ。

「こっちこそ、勘違いで謝らせてごめんなさい。客のために伝説の魔女を演じているって側面もあるけど、理由の大半は個人的な事情だから……」

リコリスは未《いま》だに、偉大な祖母の影から踏み出すことができないでいるのだ。

素の自分で接客をする自信がないなんて到底口にできず、言葉を濁す。

するとソーニャは、切りたての髪を風に揺らしながら微笑《ほほえ》んだ。

「魔女様はそのままでも十分素敵ですわ。同じ年頃なのに立派に働いていらっしゃるし、とてもお強い。しっかりとした考えをお持ちのところも、流されて生きていたわたくしからいたしますと憧《あこが》れます」

力強い励ましに、リコリスはゆっくりと苦笑を作る。

祖母に対する劣等感を見抜かれてしまったようだが、やはり気分は悪くなかった。

「最近は魔女様を見習って、クルセーズの屋敷に顔を出しております。自ら考えて行動しようと思ったのも、魔女様のおかげなのですよ」

ソーニャは胸元を飾る金鎖のネックレスを手に取る。ロケット式になっているようで、中から乾燥したセントジョーンズワートが現れた。

「これを身に付けていると、不思議と気持ちが明るくなるのです。何事にも前向きに取り組む力が湧いてきます」

「そんなのは気休めよ。あんたを動かしているのは、あんたの強さ」

太鼓判を押すように頷けば、ソーニャは生き生きとした笑みを浮かべた。

儚《はかな》げな様子からは想像もできなかったけれど、とても潑剌《はつらつ》とした笑みだ。

「強く見えるのなら、それはきっと失うものがないからでしょう。わたくしは出戻りなので、実家にいても腫《は》れもの扱いをされるだけですから」

「あぁ、その問題があったわね。あんたの両親は、今回の縁談に王太后の思惑が絡んでいることを知っていたの？」

「いいえ。ですが、未だに躍起になって嫁ぎ先を探しております」

「うわー……」

ここまでくると不屈の根性に拍手を送りたくなる。

思わず遠い目になったリコリスだったが、ソーニャは気にしたふうもなく笑った。

「わたくしには、とるに足らないことです。離縁され、もはや他人でしかないわたくしをクルセーズ邸の使用人達が受け入れてくれる。それだけで十分ですもの」

彼女が手を合わせていた墓碑に目が留まる。

刻まれた名は、ダン・クルセーズ。

名前までは聞いていなかったが、クルセーズ伯爵の墓なのだろう。

「……案外、離縁の手続きもあんたを思ってのことかもしれないわね。あんたがこの先の長い人生、クルセーズの名に縛られず、自由に生きられるように」

伯爵が何を思って離縁したのかは、もはや永遠に分からない。

けれどソーニャにこれほど思われているからには、優しく愛情深い人柄だったに違いない。四十歳以上も年下の妻を遺《のこ》して逝くなど、さぞ心残りだったことだろう。

彼女のために、せめてできる限りのことを。

離縁も、伯爵なりの愛情のかたちだったのかもしれない。

虚を衝《つ》かれたように表情を失っていたソーニャに、リコリスはある書面を手渡した。読み込むに従い、彼女の薄青の瞳が驚愕《きょうがく》に見開かれていく。

「魔女様……わたくしなどのために、こんなものまで……」

「あんたのためというより、私の気持ちの問題。二重に報酬をもらってるから、もう少しくらい働かないとね」

二重の報酬と聞いて彼女は不思議そうにしていたが、王冠のルビーに関する契約を知らないのだから無理もない。宝石はこちらに足を運ぶ前にしっかりもぎ取ってきた。

そしてそのついでに手に入れたのは、離縁の取り消しを認める書面。

貴族間の婚姻は、国王の許可の下でのみ成立する。離縁もまた同様だ。

ソーニャの嘆きを知ったディルストはすぐに書面を用意してくれた。『死の森』の魔女に脅され仕方なく、という体裁をとれば誰にも反対されないのだと笑っていた。

勝手に名前を使われるのは腹立たしいが、ロバにされて以降めっきり大人しくなったという王太后にはいい牽制《けんせい》になるのだろう。

「これであなたは名実共に、亡きクルセーズ伯爵の妻よ」

ソーニャは両手で顔を覆うと、華奢《きゃしゃ》な肩を震わせた。

泣いているのかと思ったが、やがて彼女は毅然《きぜん》と顔を上げる。瞳は濡《ぬ》れているけれど、そこには今日の空のような笑顔があった。

「ありがとうございます、『死の森』の善き魔女様。これからわたくし、もっともっと強くなります。あの方への愛が、ここに残っておりますから」

生と死とで別たれたとしても、彼女は何度だって亡き夫に恋をするのだろう。

軽やかに、鮮やかに。

きっととても得がたい想いだ。その断片に触れただけのリコリスの胸にさえ、キラキラとした光が満ちるのだから。

恋とは何と目映《まばゆ》いものか。

リコリスは、ソーニャが踏み出した新たな一歩を祝福するように笑った。


ソーニャと別れるまで待っていてくれたノアと共に、『死の森』の棲家《すみか》へと帰る。

森の上空を飛びながら、使い魔が口を開いた。

「お元気そうで安心いたしましたね」

「別に心配してなかったし。あんたまで私をいい人認定しないでくれる？」

祖母を演じているつもりなのに、『恐ろしくも腕のいい魔女』と評されないのは非常に不満だ。善き魔女と呼ばれるのもこれで何度目か。

同じ仕事をしていると、やはり伝説の魔女は偉大な存在なのだと思い知ることばかりだった。王太后とも何やら因縁がありそうだし。

「ゼルクトラが心を許しても安心、って認定までもらっちゃったし……」

「どなたからです？」

「あいつの異母弟。結構いい性格で、さらっと私に押し付けてきたわよ。自分こそ、もっと側にいてあげればいいのに」

リコリスとゼルクトラは別に親しくないし、何ならノアとの方が会話も多いだろう。重い話の最中だったため訂正できなかっただけだ。

背後にいる使い魔から、笑みをこぼす気配がした。

「……身内だからこそ、距離感が難しい場合もありますよ。それに、異母弟殿があなたを見込んだ理由、私にも少し分かります」

ノアの声がやけに優しくて、リコリスは彼の表情を確かめたくなった。

こういう時の彼の眼差《まなざ》しは、祖母のように優しいのだ。

「私がゼルクトラ様をついお誘いしてしまうのも、あなたに友人ができればという思惑があったからですよ。あなたの世界を広げてくれるのではと」

「――へ」

続いた言葉に、リコリスは開いた口が塞《ふさ》がらなかった。

確かに、断りもなくゼルクトラの送迎をするノアに疑問を抱いていた。

まさか使い魔として、一人寂しく暮らす主人を思ってのことだったとは。少々行動が斜め上すぎやしないか。

「……まぁ、勝手に期待しすぎていた感は否めませんがね。人選を誤ったといいますか、なかなか厄介そうな方といいますか……」

ノアの乾いた呟《つぶや》きは、風の音がうるさくて拾えなかった。

そうこうしている内に棲家までたどり着き、リコリスは玄関扉を開ける。

「おかえり。リコリス、ノア殿」

なぜか、ゼルクトラがくつろいでいた。

彼の前には、昨晩の夕食をアレンジしたとみられる料理が幾つか並んでいる。

無駄に驚いたが、これもまた使い魔が斜め上すぎる気遣いを発揮した結果なのだろう。

ゼルクトラと喧嘩《けんか》別れのようになってしまってから、一週間以上が経つ。

「これは一体どういうこと？　私がソーニャと話していたのなんて、ほんの三十分よ」

西ウェントラースの王都へは、ノアの翼でも二時間近くかかる。その間に王宮に彼を迎えに行ってリコリスのいる墓地に戻るなんて、物理的に不可能だ。

人形《ひとがた》になったノアは、いそいそとエプロンを着けながらにこやかに答えた。

「出発前、ネズの木まで連れて来ていたのですよ。あそこからならば迷いませんから」

彼はそのままキッチンに向かってしまい、あとには気まずい二人だけが残された。

「突然押しかけてすまない。謝罪をしたかったのだ」

あの日ろくな説明をしなかったリコリスにも非があるのに、彼は真っ先に頭を下げる。

リコリスがぐっと詰まっている間にも、野菜を切る音が聞こえてきた。

リビングの奥にあるキッチンでは、ノアの小さな背中が忙しく動いている。

料理によく使うコリアンダーやタイム、バジルやルッコラなどは、彼がキッチンのプランターで簡易栽培をしている。それを、ぷちぷちと鼻歌交じりに収穫していた。

こういった日常の光景も、ゼルクトラにとっては物珍しいものなのだろう。

それは王族であるがゆえに。禁忌の子として秘されていたために。

リコリスは大きな溜《た》め息をつくと、カウンターの赤ワインをテーブルに置いた。

「せっかくだし、一緒にどう?」

突然目の前に置かれたワインボトルに目を白黒させていたが、ゼルクトラは驚きの表情をゆっくり苦笑へと変えていった。

「……このマウルタッシェンに、よく合いそうだ」

リコリスは向かいの席に腰を下ろしながら、鼻で笑って返した。

「当然でしょ。ノアが作るマウルタッシェンは、絶品なんだから」

「なぜお前が得意げなのだ」

マウルタッシェンは、宗教上肉を食べてはいけない断食の期間に、どうしても肉料理を食べたかった修道士が考えたと言われている。

ひき肉や卵、玉ねぎ、ほうれん草などを混ぜ合わせ、薄く延ばしたパスタで巻いてブイヨンで煮込めば完成。パスタで肉を隠してしまうのが特徴の郷土料理だ。

それぞれ赤ワインを注ぎ、無言でグラスを合わせる。乾杯する名目があるとしたら、先日城で散々な目に遭ったけれど無事逃げおおせたことくらいだ。

若干げんなりしながらぐびぐび酒を飲み進めていると、ゼルクトラが口を開いた。

「……すまなかった」

ゼルクトラは呆《あき》れるほど謝罪が多いという感想を抱きながら、リコリスは先を促す。

「登城すると聞いて、俺は皮肉を言った。お前は何一つ悪くないのに」

「別にいいわよ。こっちの態度も悪かったし」

「それでもだ。……怖かったのかもしれない。お前が、俺以外の者と接することが」

囁《ささや》くような声で落とされた言葉に、リコリスはグラスを置いた。ガラスの硬質な音の方がよく響いたかもしれない。

引き籠《こ》もり同士、知人も友人もほとんどいない。

たとえ互いの行動を制限する権利などなくても、そんな中で一歩先んじられ、焦ってしまったということだろうか。

やけに懐かれたものだと、リコリスは笑って肩をすくめる。

「あんたが私の登城を嫌がる理由、家族に会わせるのが恥ずかしいからだと思ってたわ。ほら、二人共何というか個性的だから」

軽口を叩《たた》けば、彼はそっと笑みを漏らした。

「そうだな。殺したいほど憎む相手であっても、すぐにそれと気付ける毒を盛る。悪になりきれないのだろう。昔俺を殴った時も、ご自分の方こそ苦しそうにしていらした」

目を伏せながら語られた内容に、リコリスは目を見開いて言葉を失った。

その口振りでは、まるで――。

「王太后を……嫌っていないように聞こえるわ」

ディルストとは仲がよかったらしいので、理解もできる。

けれど彼が言っているのは、どう考えても王太后のことだ。

自分を殺そうとしている相手を、なぜ。

「そうでなければ、あんなところとっくに出て行っている。昔は弟とまとめて、我が子のように接してくださった。……ご自分の方が苦しいだろうに」

その表情があまりに優しくて、リコリスはなおさら切なくなった。

過去に与えられた親愛にすがって、それでも信じようとするゼルクトラ。夫の不実の証《あかし》であると知りながら懸命に受け入れようとし、結局破綻《はたん》してしまった王太后。そして、そのどちらもが大切なあまり、均衡を保つ以外のことができないディルスト。

誰も悪とは決め付けられないし、それぞれがもう十分すぎるくらい苦しんでいる。

それなのに、歪《いびつ》な家族の関係は、複雑な感情が入り乱れ修復不可能なまでにねじくれてしまった。懸命に家族であろうとしたのに。

何を言っても陳腐な慰めになりそうで、かける言葉が見つからない。

重い沈黙のあと、ゼルクトラは空気を変えるように口を開いた。

「ところで、今日はソーニャという娘に会いに行っていたらしいな」

「え、ええ。約束の報酬を受け取りにね。あれ、何であんたが知ってるの？」

「ノア殿から、先日の顛末《てんまつ》は聞いている」

振られた話題に頷《うなず》きながら、リコリスはソーニャを思い出す。

適当に切った髪は不格好だったけれど、以前に会った時よりもずっと美しく見えた。

弱々しいかと思えば凛《りん》としてしなやかで、彼女は国にも家族にも最後まで屈しなかった。誰に何と言われようと、この先も愛を貫き通すのだろう。

時に一方通行になったり、報われなかったり。そうかと思えば、死したあとも遺《のこ》された者の力になったりするのだから、愛とは本当に複雑怪奇だ。

「……まぁ、とりあえず彼女が元気そうでよかったわ」

考え疲れたリコリスが投げやりな感想を漏らすと、ゼルクトラはかすかに笑った。

「偽悪的だな。報酬より、彼女の安否の方が気になっていたのだろう？」

「どいつもこいつも、私が善人って前提で話を進めないでよ」

「少なくともソーニャにとっては善き魔女だ。薬を与えないことで願いを叶《かな》えるというのも面白い話だが、何はともあれトラトアニ領に嫁がず済んでよかったではないか」

ふて腐れどぼどぼワインを注ぎ足す手が、ピタリと止まる。

「――トラトアニ領？」

「聞かされていなかったのか？　共和国側の縁談相手は、トラトアニ領の盟主の息子という話だったらしいぞ」

そういえば、縁談の相手などまるで気にしていなかった。

「トラトアニ領の、盟主の、息子……」

噛《か》み締めるように呟いた直後、リコリスは腹を抱えて哄笑《こうしょう》した。

こんなところで名前を聞くことになるとは、何というめぐり合わせか。

「ええ、そうね。ソーニャはトラトアニ領に嫁がないで、本当によかったわ。みすみす不幸にならずに済んだもの」

ゼルクトラは、突然のことに驚きながらも心配そうにリコリスを窺《うかが》っていた。

「リコリス、大丈夫か？　どうして急にそのような皮肉を……」

「どうもこうも、元々私は皮肉しか言わない人間よ。性根が腐ってるの」

「いいや。自らを卑下するなど、どう考えてもおかしいに決まっている。一体どうしたというのだ、お前らしくもない」

「私らしい？　らしいって何よ、あんたが私の何を知ってるっていうの？　ただの知り合いでしかないくせに、知ったようなこと言わないで」

酔いのせいだろうか、ひどく暴力的な気持ちになっている。

労《いたわ》りを宿した青灰色《せいかい》の瞳《ひとみ》も、諭すような声音も、何もかもが煩わしい。

滅茶苦茶《めちゃくちゃ》にしてやりたくて、リコリスは破滅的に笑った。

「……ゼルクトラ。あんたは、伝説の魔女を求めてここを訪ねたのよね」

あれは、凍えるほど寒い日だった。彼の瞳には光がなく、まるで凍て付《い》く氷柱《つらら》のようだったことを覚えている。

「王族が伝説の魔女を求めるなんて、滑稽《こっけい》なものよね。──あんた達が招いた独立闘争を止めるために、祖母は死んでるんだから」

ゼルクトラが瞳を見開いた。

傷付いてひび割れる、氷の瞳。何か取り返しのつかないものを壊してしまったような気がしたけれど、もう止まれなかった。

「あの独立闘争で『死の森』が広がったっていうのは、隠匿されてきたあんたでも知っているでしょう？　おかげで誰も傷付くことなく、東ウェントラース共和国は独立できた。奇跡が起きたんだと。でも……奇跡なんて、そうそう起こらないの」

祖母エニシダは、厳しくも優しい人だった。

魔女として尊敬できる人だった。

いつでも自然と共にあり、尊重し、愛した人。

だから、自然からも同じくらい愛されていた。

「『死の森』には、妖精《ようせい》が住んでいるの。森を統《す》べる妖精女王もいるわ」

とはいえ、簡単に会える存在ではない。森そのものといっても過言ではないくらい特別な妖精で、リコリスも出会ったことはなかった。

祖母だけが特別だったのだ。

妖精女王に愛され、隣人のごとく親しくしていた。

「あの時森を広げたのは、奇跡でも何でもなく、妖精女王の力だった。祖母が取引をしたのよ……自分の命と引き換えにね」

命と引き換え、というと少し語弊があるかもしれない。

祖母はかねて、妖精の国で暮らそうと誘いをかけられていた。

妖精達の国には、肉体を持ったままでは行けない。そして、一度行けば二度と人間界に戻って来られない。

だから祖母は、様々な理由をつけて断り続けていたのだ。

孫が小さいから。まだ魔女として半人前だから。

それなのに、森を広げることと引き換えにして、とうとう頷いてしまった。

一生会えないならば、リコリスにとってそれは死と同じだ。

確かに、突然森が広がったことで、離れ離れになった者達も多くいただろう。

たまたま仕事に出かけていた家族や、近所に住んでいたはずの恋人や友人。不意に引き離され、一生会えなくなってしまった者達。

けれど、会えなくなったわけではない。

「強引な手段だったかもしれない。非難する人だっているかもしれない。それでも、一滴の血も流すことなく戦争を止めてみせた魔女エニシダは、私の誇りよ」

祖母は【毒薬】でも【惚《ほ》れ薬】でも、求められれば何でも売る人だった。

それでも、戦争が始まるかもしれないという時、迷うことなく命を賭《か》けた。決して他者の命を軽んじていたわけではないのだ。

あの日のことは、はっきりと覚えている。

妖精女王の許《もと》へと赴く時の、祖母の毅《き》然《ぜん》とした表情。もう会えなくなるということ以外多くは語らなかったけれど、何かを切り捨てる覚悟をした瞳。

切り捨てられたのはきっとリコリスだ。

独立闘争が終結し、伝説の魔女となった祖母。

優しい面影も温《ぬく》もりも二度と戻ってこないけれど、魔女としての祖母ならいつでも触れることができる。慕っていられる。

だからリコリスは、祖母の行動を心から称賛し、誇るのだ。

「今回の依頼を引き受けたのも、国王に会えば何か分かるんじゃないかって気持ちがあったからよ。祖母が止めてくれた独立闘争の原因を、ずっと知りたいと思っていたから。でも何より知りたかったのは、国の思惑。王国がどういう状況にあるのか、把握しておきたかった。魔女を必要とするのは、後ろ暗いところのある人間だけだから」

想定は正しかった。

結局独立闘争の原因を探ることはできなかったけれど、再び争いが起きる前に不穏の芽は摘めたはずだ。命を代償に戦争を止めた、祖母の遺志を継げたはず。

「危うく戦争の火種作りに加担させられるところだったわ。だから私は、身勝手な王族が嫌い。共和国の盟主達も。……自分の行動が身近な誰かを悲しませるかもしれないって、全然分かってないから」

語り終えるまでずっと黙したままだったゼルクトラが、静かに頭を下げる。

「――すまなかった」

彼の声音は、あえて感情を押し殺しているようだった。

熱くなっていたリコリスの頭も急速に冷えていく。

「俺は、先の独立闘争に関与していないし、何も知らない。だからこそ心から詫《わ》びよう。本当にすまなかった。祖母殿の犠牲を悼むことなく、知ろうともしなかった」

なぜ、話してしまったのだろう。

大きな背中を丸めるゼルクトラを見て、苦い後悔が込み上げてくる。

試すようなことをすべきではなかった。

彼が誠実であることも、こうして罪悪感に駆られ頭を下げるだろうことも、予想くらいできたはずなのに。

独立闘争に関与していないゼルクトラに謝られても、虚《むな》しいだけだった。

「……ごめんなさい」

うなだれ、か細い声で呟《つぶや》く。

リコリスに傷付ける意図がなかったとは言えない。

けれどゼルクトラは、弱々しく首を振った。

「いいや、俺の振る舞いこそ配慮が足りなかった。リコリスが祖母殿を演じているのも、慕わしさゆえだったのだな」

「えっと、そういうわけじゃないし、そんなに謝られると逆に心苦しいっていうか……」

「あまり気に病まれないでください、ゼルクトラ様」

罪悪感で目も合わせられなくなっていたリコリスを遮ったのは、使い魔のノアだった。

その手元を見れば料理を運んできたのだと察せるものの、笑顔があまりに生き生きとしすぎていた。嫌な予感しかしない。

「うちのリコリスがエニシダを真似ているのは、単に伝説の魔女と比べられる自信がないだけですから」

「しかも今あなたが八つ当たりをされたのも、幼少期にトラトアニ領の盟主の息子にふられたせいですからね。理不尽な主《あるじ》であることを心から謝罪いたします」

「――な、」

「ちょっと、ノアッ⁉」

確かにリコリスでは重い空気をどうすることもできなかったから、気を遣って話題の矛先を変えてくれるのはありがたい。

ありがたいが、なぜ空気が消し飛ばされるほどの爆弾を選んだのか。

慌てて立ち上がるも、彼の暴露は止まらなかった。

「リコリスにとっては初恋でしたが、『恐ろしい金色の瞳の魔女』として大勢の前で笑い者にされたらしいですよ。それまでは『魔女になんてなりたくない』だの『素敵な王子様と結婚する』などと言っては修行をサボり、たびたび街に行っていたのですがね。以来、素顔を誰かに見せることが恐ろしくなってしまい、すっかり引き籠《こ》もりに……」

「ぎぃやあぁぁ〜っ！　やめて黒歴史！」

「魔女が黒い歴史もないでしょうに」

「身も蓋《ふた》もない正論だけど、そういう問題じゃないの！　ていうかあんたは、おかげで私が修行に没頭できるって喜んでた口でしょ⁉」

「顔のいい男は信用しないという、いい教訓にもなりましたしね」

柔和な笑みを浮かべるノアは、やはり悪魔だ。

ただ成り行きを見守っていたゼルクトラと目が合う。

途端、頰がカッと熱くなった。

リコリスはフードを深くかぶり直しながら、身を隠すようにテーブルに突っ伏す。

弱くて臆病な自分を、知られたくなかった。

引き籠もっているのも祖母を演じているのも、傷付きたくないからだ。所詮《しょせん》リコリスには、他人に偉そうに説教をする資格などない。

どうせ笑われるに決まっている。それとも小馬鹿にして、見下すか。

どんな反応も見たくなくて、ぎゅうと体を縮こまらせた。

「……なぜそんなに慌てているのか、分からない。リコリスは出会った時からずっと立派な魔女だし、瞳の色もとても綺麗《きれい》だ」

耳を打ったのは、静けさをまとう声。

恐る恐る顔を上げれば、ゼルクトラは不思議そうに首を傾げている。

当然のごとく真っ直ぐ注がれる嘘《うそ》のない眼差《まなざ》し。

自分でも驚くほど、呼吸が楽になった。

そうだった。彼は恐れることも馬鹿にすることもなく、金色の瞳を満月のようだとさえ言ったのだ。だから心を許してしまった。

「俺は確かに、リコリスのことをよく知らない。だが、だからこそ知りたいと思うのだ。一つずつ互いを知っていき、歩み寄りたい。全てはそこから始まるのではないだろうか」

改まったようにゼルクトラが語り出す。

一瞬何のことだか分からなかったが、先ほどリコリスが口走った暴言への返答だと気付く。らしくないと言われ、何も知らないくせにと彼を傷付けようとした。

感情が希薄で、そのため他者の気持ちに無頓着《むとんちゃく》で。

それなのにゼルクトラは、不器用なりに答えを探してくれていたのか。

「俺は、聞けてよかったと思っている。憎しみや悲しみ、辛《つら》い過去も。恥ずかしいと思っているのかもしれないが、失恋の話もだ。リコリスの気持ちを考えれば、嬉《うれ》しいなどとはとても言えないが……また少し、近付けた気がするから」

フワリと笑う彼の方が、よほど物事の本質を捉《とら》えているのかもしれない。

友人となるために、互いに歩み寄る。

その言葉が心から嬉しいのに、リコリスは胸が熱くて頷《うなず》くこともできなかった。

「……そうやって歯の浮くような台詞《せりふ》をサラッと言えるとこ、あんたが王子様なんだってしみじみ実感するわ」

いつもの皮肉を口にすれば、ゼルクトラも慣れたふうに訂正する。

「何度も言うようだが、王兄だ」

「フン、分かってるわよ」

照れくささを誤魔化すためにワインを飲み干すと、ノアが忍び笑いを漏らした。

「フフフ。無事に仲直りができてよかったですね。私も、リコリスが友情の再確認をする貴重な場面に立ち会えて、非常に満足です」

まだ貪欲《どんよく》に羞恥《しゅうち》を煽《あお》ろうとする使い魔を、リコリスは恨めしげに睨《にら》んだ。

「……ノア。主人の断りもなく恥ずかしい話を暴露したこと、私は一生忘れないからね」

「私は忘れます。なぜかと言えば鳥頭ですので」

完璧《かんぺき》な笑顔と回答に、頬が引きつる。

「都合がいい時だけいつも鳥ぶって……」

「ほらほら。ぼやいていないで、熱い内に食べましょう。マウルタッシェンだけでは足りないだろうと、あなたの好きな豚ロース肉のマリネも作っておきましたから」

テーブルにはいつの間にか、たくさんの料理が用意されていた。

サワークリームやみじん切りの林檎《りんご》がたっぷり入ったソースをからめて食べる、豚ロース肉のマリネ。玉ねぎを丸ごと使ったグラタンや、根セロリのサラダ、甘酸っぱい木イチゴのタルトまで。

リコリスはつい好物につられ、マリネを口に運んだ。

「おいしい……」

扱いに困る使い魔だが、料理の腕だけは確かだ。

家庭的な味付けに、ささくれた心が慰められていくよう。

温かくて優しい、作り手の真心が伝わってくる料理。それだけで心をほぐすことができるなら、最初からリコリスの黒歴史などほじくり返さないでほしかったけれど。

ゼルクトラも食が進んでいるようで、目が合うと小さく微笑《ほほえ》んだ。

「リコリスが王子様にこだわるのは、子どもの頃の憧《あこが》れが理由なのだな」

「――はい？」

思いがけない言葉に頭が真っ白になるリコリスに代わり、使い魔が着席しつつ答える。

もちろん、キラキラした笑みを添えて。

「そうなんですよ。その初恋の相手というのが、また麗しい少年で」

「やはりな。以前から、斜に構えているリコリスの口から『王子様』という可愛らしい単語が飛び出すたび、違和感を持っていた。昔は普通の子どもだったのだな」

リコリスの存在などお構いなしに、失礼な会話が繰り広げられていく。

可愛らしい単語が飛び出すたびに違和感。それは、単なる悪口だ。

一筋縄ではいかない使い魔に、感情未発達なせいか気遣いを知らない王兄。

身の回りに個性が溢《あふ》れすぎていて気の休まる暇がない。

その上おいしい料理とお酒が揃っているのだから、楽しくならずにいられるものか。

リコリスは赤ワインを注いだグラスを、再び持ち上げた。

「よし、腹が立ったから今夜は飲み明かす！　乾杯！」

「大体いつも飲み明かしているがな。乾杯」

「後片付けが大変なのですが、今日は大目に見ましょう。乾杯」

それぞれにグラスを掲げて合わせる。

ガラスが涼やかな音を立て、賑《にぎ》やかな夜は更けていった。

第三話　善き魔女と花嫁選びの祭典

「あ、鹿」

茂みの向こうの斑点《はんてん》模様に気付いたリコリスは、声を上げた。

可愛らしい小鹿が、潤んだ黒い瞳《ひとみ》でじっとこちらを見つめている。親鹿とはぐれたのだろうか、周囲に他の生きものの気配はない。

ぷるぷると震える耳。華奢《きゃしゃ》な脚に、まだ柔らかそうな蹄《ひづめ》。軽々と持ち上げられそうな小ささも全てが保護すべき対象として映る。

リコリスは腕に抱えていた籠《かご》を置き、膝《ひざ》をついて目線を合わせる。

「おいで、おいで。可愛いねー」

なるべく優しい声を出して招き寄せようと試みる。

だが小鹿は、逃げるように身を翻してしまった。

「……チッ。一瞬おいしそうって思ったの、気付かれたかしら」

諦《あきら》めて、頭を掻《か》きながら立ち上がる。

リコリスは、森で薬草摘みをしていた。

春は薬草達があちこちで芽吹きはじめるため、魔女にとっては嬉しくも忙しい季節だ。

太陽は強くなりつつあるのだろうが、こうして森の中にいれば過ごしやすい。木漏れ日が黒いローブの上をキラキラと躍れば、鼻歌でも歌い出したくなる。

若葉が青々と茂る森を軽やかに歩く。

足元をよく見るとスミレやキランソウが小さな花を咲かせ、見上げればサンザシが白く可憐《かれん》な花を付けている。薬の材料となる植物もならない植物も、全てが可愛らしい森の彩りだ。

今日も籠いっぱいの薬草を摘み、家までの道をたどる。

妖精《ようせい》女王の魔法のおかげで、ネズの枝さえ持っていれば迷うことはない。空間を繋《つな》ぐ役割を果たしている木の本体と、引き合っているためだという。

ネズの木から棲家《すみか》までは一直線だ。

杉の向こうに見えてきた煙突を目指して進む。

ついでとばかり薬草園の方に回り込んでみると、傍らに生えたミモザの木が、黄色い綿毛のような花を満開にしていた。

「あ、ミモザがいい感じ。いい香りだからサシェでも作ろう」

プチプチと枝から摘み取り、無心でポケットにしまっていく。

すると、背後から呆《あき》れたような声がかかった。

「……そうやって、リコリスのポケットは膨らんでいくのだな……」

振り返れば、ゼルクトラとノアが並んで歩いているところだった。彼らもネズの木から徒歩で来たのだろう。

「あ、そうね。今日はちゃんと籠を持っているのに、つい癖で」

籠を持っていない時でも薬草が目に付けばとりあえず摘んでしまうし、調薬中も余った分を適当にポケットに突っ込んでしまう。昔からの習性なのだ。

「何でも出てくるから、ずっと不思議に思っていたのだ……」

「細かいことは気にしないで、ほら、ミモザの香りは気分が明るくなるのよ」

ほのかに甘い香りがする花を直接鼻先に近付けると、彼はふと微笑んだ。

「……確かに。この森は薄暗いのに、どうしてかいつも明るく感じる」

「それはミモザの効果じゃない？」

物理的に、森の外の方が明るいに決まっているのだから。

「リコリス……あなたは不思議なほど情緒を解しませんね……」

なぜかがっくりと項垂《うなだ》れながら口を挟むノアに、リコリスは肩をすくめた。

「使い魔に情緒を説かれてもね。ところでノア、情報収集が目的で街に出ていたんじゃなかったかしら？」

それがどうしてゼルクトラを連れて帰っているのか、そちらの方が不思議だ。

「あんたがいざという時に不在だと困るから、そろそろ新しい使い魔でも探そうかしら？　有能で、主《あるじ》の許可なく行動しない従順な子を」

「何をおっしゃるやら。私ほど優秀な使い魔もそうそういないでしょうし、何よりあなたに使役できるものがどれほどいるのか甚だ疑問ですね」

永久凍土の笑みで皮肉をぶつけ合っていると、ゼルクトラがおかしそうに目を細めた。

「何というか、リコリスとノア殿は対等に見えるな。魔女と使い魔の関係というのは、そういうものなのか？」

質問に、思わず使い魔と間近で目を合わせてしまった。この状態を見て仲良しだと断じられるのは心外だ。

「関係性は色々でしょうけど、うちの場合、元々ノアが祖母の使い魔だったから」

ノアは、リコリスを赤ん坊の頃から知っている。

祖母が忙しい時はいつも遊び相手になってくれたし、我が儘《まま》を言えばどこにでも連れて行ってくれた。普通の少女に憧《あこが》れていたリコリスは頻繁に街に行きたがったから、かなり手を焼かされたはずだ。

歳の離れた兄、のようなものかもしれない。

彼がいつまでもリコリスを子ども扱いしてくるのは、そのためなのだろう。人形《ひとがた》になると少年の姿なので、非常に複雑な気持ちになるのだが。

「ではノア殿は、伝説の魔女の使い魔だったのか」

家に入っても、ゼルクトラは楽しそうに話を続ける。

キッチンに向かったノアは、悲しそうに目を伏せた。

「伝説などと語られておりますが、ごく普通の方でしたよ。リコリスを自分の許《もと》に引き取るまでは、いつもどこか寂しげに見えましたし」

「そうか？　魔女とは、かなり自由気ままな飲んだくれに思えるが」

「……こっち見ながら言うのやめてくれない？」

頬を引きつらせながら突っ込むリコリスに、ノアは儚《はかな》く笑った。

「心から笑うことを知らない。私には、そんなふうに映っておりました。エニシダが若い頃は、今よりも魔女に対する偏見が強かったですし」

「――そう、か。すまない。嫌なことを思い出させた」

ゼルクトラの顔が強張《こわば》ったのも当然のこと。

魔女狩り、というものが横行した時代があった。

最もひどい時期には、年齢や職業、階級も性別も関係なかった。優れた学者であっても貴族であっても、疑われれば最後、逮捕されていた。

魔女裁判では、審問官が無理やり自供へ誘導したという。真実より、魔女を悪魔の娼《しょう》婦《ふ》とし、抹殺することが彼らには重要だったのだ。

悪魔に魂を売り渡しているため、魔女は普通の人より軽いはずだとされていた。実際、人が乗れるほど大きな秤《はかり》を用意して体重を量ったそうだ。

拷問によって魔女だと自供させられた者は、誰に魔女にされたのかを問われる。答えなければ再び拷問されるので、泣く泣く知人の名を挙げてしまう。その密告によって、また別の者が捕まって拷問にかけられるのだ。結果、何十万もの命が犠牲になった。

忍び寄る死の匂い。自由などあるはずもなく、誰もが疑心暗鬼になって、隣人さえ疑わなければならない時代。

明確な禁止令もなく魔女狩りが終焉《しゅうえん》を迎えたのは、社会全体の常識が変化したためだ。

社会学者が唱える近代思想は、非科学的なものを否定する。呪いや魔法を操る魔女は、存在そのものを抹殺されるようになった。

いないものとしているのに、いざ助けが必要になったらすがり付く。全く皮肉な話だ。

とはいえ、失われた命が戻ってくるわけではない。隠れるように生きていた魔女達も、ずいぶん数を減らした。

リコリスの両親も魔女裁判の犠牲者だ。

引っ立てられそうになった母を庇《かば》って、父までも魔女に操られていると糾弾されてしまったのだと聞く。そうして、まだ乳飲み子だったリコリスは祖母に引き取られた。

「リコリスの面倒を見るようになってからは、たまに笑うようになりましたね。常にまとわりついていた孤独の影が、少しずつ薄れていくような……」

リコリスはしんみりとした空気を払拭《ふっしょく》するべく、あえて明るい声を上げた。

「あーあ、食事の前に辛気臭い話なんて聞きたくなかったわ。ここはお酒でも飲んで、さっさと忘れるに限るわね」

「何でも酒で解決しようとするのは依存者の特徴だというぞ、リコリス」

意図を察したのか、ゼルクトラも話を合わせてくれる。彼自身、しめっぽい話題を振ってしまった責任を感じているのかもしれない。

木製のスープボウルを運んできたノアは、もういつも通りの笑みを浮かべていた。

「すみません。すぐにお出しできる料理がありませんので、まずは玉ねぎと根セロリのクリームスープをどうぞ」

「こちらこそ、いつもすまない。何か手伝えることがあれば……」

「お気持ちだけで結構ですので、どうぞ座っていてください。うちの主人は何一つ手伝おうとしませんから、その気遣いが沁《し》み入ります」

「……いちいち私を引き合いに出すのやめてくれない？」

逆に気を遣わせてしまったようで、リコリスとゼルクトラはすごすごと席についた。

お酒を開ける前に、湯気の立つスープを飲んでみる。

フェンネルの風味が利いていて、複雑な味わいが口の中にじわじわと広がっていく。おそらく、幾つものハーブが使われているのだろう。

「知ってる？　フェンネルを一切れ左足の靴の中に入れておくとね、森を歩いていてもダニに嚙《か》まれなくなるのよ」

何気なく料理に使われているハーブにも、しっかりと効能はある。

たとえばガランガーを粉状にして燃やせば魔法や呪いを解く効果があるし、タイムを身に着ければ妖精《ようせい》を見ることができるようになると言われている。レモンには浄化の力があるため、果汁を搾れば中古のアミュレットを洗うのに最適だ。

「面白いな。俺もリコリスに師事すれば、立派な魔女になれるだろうか」

「本気で言っているのか分からないけど、少なくとも女にはなれないからね」

「素朴な疑問なのだが、性別を変える魔法も存在するのか？」

「本当か分からないけど、西の国ではある果実を熟す前の渋い状態で九個食べれば、二週間で性転換できるって言われていたらしいわよ。女の子から男の子にって方向限定でね」

「興味深いな」

「興味を持ってどうするつもりよ」

魔女の知識を披露して、これほど盛り上がるとは。普通ならば忌避するだろうに、彼には偏見が全くない。

思わず笑みを漏らすと、野菜を洗っていたノアがふと振り返った。

「そういえば、情報収集の際に風の精霊から聞いた話で気になるものが。ある街で次期盟主の花嫁選びが行われるそうなのですが、そこに『死の森』の魔女の【惚《ほ》れ薬】が出回っているらしいですよ」

「――はいいぃ？」

何だか、以前にも似たような会話をした気が。

リコリスは思わず半眼になってノアを睨《にら》んだ。

「あんたって……なぜそういう大事なことを早く言わないの？」

「あくまで風の精霊の噂《うわさ》ですから」

にっこり笑う彼の弁にも一理ある。

風の精霊はどこにでも吹き渡っている性質上耳が早いのだが、いかんせん人とは価値観が異なるため正確性を欠くことも多い。彼らには時間という概念もなければ、人を識別するという感覚もないからだ。

とはいえ重要な報告が遅れるのは、リコリスの反応を楽しむためというのが使い魔の本音に思えるのだが、考えすぎだろうか。

「妖精だけじゃなく、精霊もいるのだな」

「いちいち驚いていたら疲れるわよ」

純粋に驚くゼルクトラに苦笑しつつ、噂について思案する。

もちろんリコリスには身に覚えがなかった。医薬品は卸しても、秘薬に関しては簡単に売るつもりなどない。

わざわざ『死の森』の魔女と指定しているからには、噂を流した人間には何かしらの目的があるはずだ。一体誰が、何のために。

分からないけれど、魔女の名を勝手に騙《かた》ったからには、このまま放置するわけにはいかない。目的を阻止し、相応の罰を与えなければ。

「私の名を騙ればどうなるか、教えてあげる必要がありそうね……」

「と言いつつ、単に心配だから調べたいだけでしょう？」

「うるさい」

安定の茶々を入れる使い魔を黙らせていると、ゼルクトラがおもむろに口を開いた。

「それならば、俺も行きたい」

「え？」

「現地に向かうのだろう？　ならば俺も行く。リコリスにはいつも助けられてばかりだから、たまには力になりたい」

驚いて聞き返すリコリスに、彼は当然というように頷《うなず》いている。

「初対面の時のことを言っているなら、別に恩を売るために助けたわけじゃないわ」

素っ気なく突っぱねたつもりなのに、ゼルクトラは柔らかく目を細めた。

彼は最近、とても表情が豊かになった。説明などなくても、その笑みこそが何より雄弁に心情を物語っている。

すると、ノアが至極楽しげに提案をした。

「ではこの際、今から行ってみましょうか？　幸い、料理もまだ始めていませんし」

リコリスは、濡《ぬ》れたビーツを掲げてみせるノアを見てから、再び目の前に座るゼルクトラに視線を移す。結論は簡単に出た。

「そうね。どうせ調査には数日かかるだろうし、旅行がてら行ってみましょうか。向こうで珍しい地元料理を食べてもいいし」

「いいですね。新しい食材や斬新な味付けに出合えるかもしれません」

「あれ？　そういえば、場所がどこだか聞いてなかったわ」

リコリスが振り返ると、ノアは幼い容姿に胡散臭《うさんくさ》いほど完璧《かんぺき》な笑みを乗せた。

「東ウェントラース共和国の、トラトアニ領です」

「――――」

やはり、絶対わざとだ。

使い魔のキラキラした笑顔を眺めながら、リコリスは心の底からげんなりした。

『死の森』の東側は、東ウェントラース共和国だ。

王国からの独立を宣言した国。

ということは、西ウェントラースの王族は敵視されるかもしれない。

住民同士の交流は『死の森』によって制限されているが、東西に大きな価値観の差異も経済格差もない。杞憂《きゆう》ならばいいが、念のためゼルクトラは変装をした方がいいだろう。

王宮を出る際に平民風の服に着替えているらしいが、にじみ出る高貴な雰囲気は隠せていない。今までは森から出ないため問題にして来なかったが、果てしなく似合っていないのだ。せめて髪色などに手を加えて印象を変えなければ。

「【姿変えの薬】……といっても、髪や瞳《ひとみ》の色を変えるくらいの効果しかないわ。しかも正体を知られれば魔法は解けちゃうから、気を付けて」

リコリスが取り出したのは、深い緑色をした秘薬だった。

それを二つ用意して自らも服用すると、ゼルクトラが疑問を挟んだ。

「リコリスも変装をするのか？」

「トラトアニには絶対会いたくない男がいるからね」

「あぁ……」

それだけで納得したらしく、彼は無駄口を控えた。

トラトアニ領の盟主の息子は、過去にリコリスを手酷《てひど》くふった男だ。その彼の花嫁選びに行かなければならないとは、何の因果か。

秘薬を一息に飲み干したリコリスの髪が、茶色に染まっていく。瞳の色が変わらないのは魔力を宿しているためだ。

「やっぱり魔女ってことは隠せないわね。まぁ、フードをかぶっていれば問題ないか。ゼルクトラもさっさと飲んじゃって。もたもたしてたら着く頃には日が暮れるわ」

秘薬を口にすると、ゼルクトラは独特の苦みに顔をしかめた。

彼の姿がゆっくり変わっていく。

漆黒の髪は、根元から鮮やかな赤色に。青灰色《せいかい》の瞳は徐々に茶色く染まっていく。

元々の寒色系が情熱的な色合いに変化し、絶妙に面白くなっていた。暗い雰囲気に激しく似合っていない。

「あんた……よりにもよってそんな鮮やかな赤毛とか……」

「笑いたければ堂々と笑えばいいだろう」

「私にも一応優しさってもんがあるのよ……」

しかめっ面で鏡の中の自分と向き合うゼルクトラに、ますます腹筋が苦しくなった。

けれど出かける準備を終えて外に出れば、今度はリコリスが顔をしかめる番だ。

すっかり忘れていたが、ノアが運べるのは基本的に一人まで。二人で運ばれるにはリコリスが彼に抱えられる以外方法はないのだと、あの日の辱めが甦《よみがえ》る。

「あの時の少女のように、一瞬で森の外に移動するのは難しいのか？」

苦悩するリコリスにゼルクトラが問いかける。

奇《く》しくも同じ状況を思い出していたらしい。薬を盗んで逃げたクレアを、ノアが一瞬で消し去ったことを覚えていたようだ。

「あれはノアの力もあるけど、森の意思でもあったのよ。妖精女王は森での悪事を許さない。鳥獣を乱獲したり、植物をみだりに傷付けたりとかね。悪意をもって森を害せば、妖精達の逆鱗《げきりん》に触れる」

盗みを働いたクレアに、森が鉄槌《てっつい》を下そうとしていた。

ノアはその力に介入し、追い出すだけで済ませたのだ。彼がいなければクレアは妖精の国にさらわれていたかもしれない。

「――よし。色々話していたら覚悟が決まったわ。でも要望を言ってもいい？　せめて、縦抱きにしてくれないかしら」

関係が変化したおかげで気安く注文できるのは、不幸中の幸いだった。

縦抱きだと顔は近くなってしまうが、赤毛姿のために気まずさを感じないのもいい。

そうしてトラトアニ領に到着する頃には、何だかんだ夕刻を回っていた。

ウェントラース国の住居は茶や赤、オレンジ色の切妻屋根《きりづま》が大半だが、トラトアニ領は一風変わっている。黒や濃灰色《のうかい》の落ち着いた色調が主流なのだ。

白壁に施された精緻《せいち》な組み木模様も焦げ茶色で、それだけで整然とした印象になる。子ども玩具《おもちゃ》のような温《ぬく》もりのある街並みが多い中、ここはどこか上品だった。

リコリスは、石畳の道を広場に向かって歩き出す。

ぽつぽつと灯《とも》りはじめた明かりが、街を幻想的に照らしていた。

例の花嫁選びのためか、街中は夕方にもかかわらずお祭り騒ぎだ。

広場には店舗が軒を連ね、それぞれが木や錬鉄の凝った看板を店先に下げている。パンの細工に靴や帽子、酒樽《さかだる》など、それを見るだけで何の店か分かるようになっているのだ。

宿屋は広場の一角にあった。

二階の大きな張り出し窓と、吊《つ》り下げ式ランプの看板が目印だ。

「ここが、この街唯一の宿。一階が食堂になっていて、宿泊客はそこで食べるの。料金は宿泊代に入っているけど、お酒は別で取られるらしいわ」

説明しながら振り返るも、ゼルクトラは何か言いたげだ。

「何よ?」

「いや……詳しいなと」

「よほど足繁《あししげ》く通ったんだろうって?　大きなお世話よ」

リコリスは使い魔直伝のキラキラした笑顔で悪態をついた。

ちなみにノアは街に入る前に相談した結果、少年姿になっている。彼も金色の瞳だが、光の屈折を利用し自らの持つ色を自在に操ることができるのだ。

「さぁ。さっさと寝床を確保して、夕食にしましょう」

リコリスを先頭に、一行は宿屋の扉をくぐった。

暖色の明かりと、同じくらい人情味のありそうな女将《おかみ》に出迎えられる。カウンターには花の植木鉢が置かれ、壁の至るところにキルトが飾られていた。

「いらっしゃい」

今回は『死の森』の魔女の噂《うわさ》を調べるために来たので、祖母の真似をしていればむしろ警戒されてしまう。

リコリスは丁寧に頭を下げた。

「こんばんは。もう夕方だけど、まだ部屋は空いているかしら?」

「あー、悪いね。今はこの騒ぎなものだから、近隣の領からやって来る客も多くてねぇ。お連れさんと相部屋でいいなら、一室だけ空いているけど」

「相部屋……」

背後で意味深に囁《ささや》いたのはノアだろう。ゼルクトラの戸惑う気配もするが、王族の彼からすれば誰かと一緒に寝ること自体が考えられないのかもしれない。

リコリスは反論の隙もないほどあっさりと頷いた。

「ベッドは二つあるのよね？　ノアは私と寝ればいいし、その部屋で構わないわ」

案内を聞いて二階へと進む。

部屋は手狭で清潔に整えられたベッド以外何もないけれど、ここにもキルトだけは飾ってあった。おそらく女将の手作りなのだろう。

リコリスは遠慮なく左側のベッドを陣取ると、ポケットから革製の袋を取り出した。

「あらゆる危害から守ってくれる、スイートウッドラフのサシェよ。それに災いや魔除《まよ》けのアミュレットもあるから、間違っても変な気は起こさないように」

今回は準備に抜かりがないため、相部屋だろうと問題ない。

ノアのしらけた視線などものともせずに、リコリスは胸を張った。

「何よ。何か文句でも？」

「男女が初めてのお泊まりだというのに、見事に色気のない展開……」

「どういう期待をしているのか知りたくもないわね」

手早く荷解《にほど》きを済ませ、早速階下の食堂へと向かう。荷物のなかったゼルクトラもすぐ後ろをついてくる。

リコリスが示してみせた予防線に、呆《あき》れる素振りもがっかりした様子も見せない彼でよかった。だからこそ、一緒にいて居心地がいいのだ。

食堂はかなり賑《にぎ》わっていたが、何とか壁際のテーブルを確保する。

あとからやって来たノアも揃ったところで、店員に声をかける。髪を後ろで一つにまとめた可愛らしい少女だった。手足がすらりと長く、透き通った肌をしている。

「注文をお願い。赤ワインをボトルで、それに合うおつまみを適当に二、三品見繕ってくれるかしら。この宿でしか食べられないようなものが望ましいわね」

「だったら、肉料理はどうかしら。グリーンソースがおいしいわ」

「いいわね、任せるわ」

「分かったわ。こちらの可愛い男の子の飲みものは？」

「林檎《りんご》のサイダーでも与えておいて」

「まぁ！　優しくしないと嫌われちゃうわよ」

おかしそうに笑いながら少女は去っていく。厨房《ちゅうぼう》に向かうだけでも散々他の客に引き留められていたため、彼女目当ての客が多いのだろうと窺《うかが》える。

がやがやとした雰囲気は嫌いじゃないが、これだけ混雑しているとはずみで誰かとぶつかってしまうのではと心配になる。リコリスはフードを深くかぶり直した。

「ゼルクトラ。ここの客に聞き込みをするとしたら、手始めになんて声をかける？」

「そうだな……『【惚《ほ》れ薬】はどこで手に入るか？』とかどうだろう」

「はい失格。知らない人間にいきなりそんなこと聞かれたら誰だって引くわよ。もし【惚れ薬】について何か知っていても、警戒してますます口を割らなくなるわ」

「そうか？　俺にはどこがおかしいのかよく分からない」

「あんたの感覚は一般人とは一線を画してるからね……」

リコリスとて得意分野ではないが、彼に任せられないことは十分に分かった。

話している間に、少女がグラスとボトルを持ってくる。一緒に運ばれてきた料理は、丸ごと煮込まれたポテトと腸詰め、豚肉のソテーだった。

ノアの前にはおまけと称してミルクのスープが置かれている。美少年は得だ。

リコリスはグラスを手に取った。

「楽しい旅行に乾杯でもする？」

「私は林檎のサイダーですがね」

「仕方ないでしょ。外見年齢考えなさいよ」

「いいから乾杯をしよう」

口々に言い合いながら、グラスを合わせる。腸詰めならば赤ワインではなくエールでもよかったかもしれない。

グリーンソースがかかった豚肉のソテーは食べ応《ごた》えがあっておいしいが、本来の目的を忘れてはならない。リコリスは手が空いてきたらしい少女に、再び話しかけた。

「ありがとう、とてもおいしいわ」

「よかった。うちのお父さん、料理が上手なのよ」

「へぇ、あんたのお父さんなの」

カウンター越しに厨房を見れば、肩幅のがっしりとした大柄な男性がいた。おそらく先ほどの女将は母親で、ここは家族経営の宿屋なのだろう。

「街で花嫁選びがあるらしいわね。どうやって決められるの？」

「お祭りの当日、広場に集まった街の娘の中から選ばれるのよ。領内に住む誰にでも参加資格があるってお触れが出ているの。次期盟主様はとっても素敵な人だから、きっと街中の女の子が参加するわ！」

「あんたはとっても可愛いから、選ばれるかもしれないわね」

おだてて口を軽くする意図もあったが、ほとんど本音だ。

涼やかな榛《はしばみ》色の瞳《ひとみ》はぱっちりとしていて、はにかめば頬が薔薇《ばら》色に染まる。リコリスでは比較対象にならないほど可憐《かれん》な少女だった。

「そうなんだよ、お客さん！」

野太い声と共にぬっと割り込んできたのは、厨房にいたはずの彼女の父親だ。

「うちのフロナは街一番の美人って評判なのさ！　次期盟主様の花嫁候補筆頭なんじゃって言われてるんだぜ！」

「もうっ。お父さんったら、お客さんに親馬鹿を披露しないでよ」

父娘《おやこ》のやり取りに慣れているのか、そこかしこで笑い声が上がる。いつの間にか他の客達も聞き耳を立てていたようだ。

リコリスは視線の数に臆しそうになる。

こういう時は後ろに下がって小さくなっていたいのに、外見年齢十歳ほどの使い魔と対人能力底辺の王兄は全く頼りにならない。

せめて聞き込みを少しでも早く切り上げようと、本題を口にした。

「でも、花嫁選びはかなり熾烈《しれつ》みたいね。ここに来る前に、魔女の【惚れ薬】が出回っているって話も聞いたわ」

街の住人にとってはそれすら楽しい酒の肴《さかな》になってしまうらしく、赤ら顔の客達が口々に噂話《うわさばなし》を披露する。

「あぁ、『死の森』の魔女といえば、腕は確かだよな」

「俺は材木扱ってるキースんとこの倅《せがれ》が、人が変わったみてぇに花売り娘に声をかけ回ってるって聞いたぜ」

「そういやこの間、肉屋の親父が浮気したってんで、女房と大喧嘩《おおげんか》してたっけな」

「俺その現場見たぜ。あの女房、肉包丁振り回しながらすげぇ形相で追いかけててよぉ」

どうやら、様々な噂が錯綜《さくそう》しているようだ。

カウンターで飲んでいた酔っ払いの一人が、看板娘のフロナを振り返った。

「フロナちゃんも、役場の次長の息子に迫られてなかったか？　会ったら世間話する程度の関係だったのに、突然しつこくされて困っちまうよな」

「でも、クルトはいい人だから。今も寝込んでるって聞いて、私心配で……」

彼女は、眉尻《まゆじり》を下げて弱々しい笑みを浮かべる。

「ふられて落ち込んでるんだろ？　そんなのはフロナちゃんのせいじゃないさ」

「そうそう。フロナちゃんは優しいなぁ」

同情した何人かがフロナを慰める中、リコリスは話題に上った三件を調べてみようと思った。三人で手分けをすればすぐに終わるはずだ。

とりあえず今夜はゆっくりと休んで、明日《あした》から活動を開始すればいい。

そう思って顔を上げた時、離れた席で飲んでいた夫婦と目が合った。

共に食い入るような眼差《まなざ》しで、じっとリコリスを見つめている。

まずい。俯《うつむ》いてフードをかぶり直した時には遅かった。

「──もしかして、リコリスちゃんじゃないかい？」

女性の声に、店内が静まり返る。

聞こえなかったふりをしたのに、夫婦はいつの間にか距離を詰めていた。ふくよかな女性の方が、遠慮を知らない手付きでリコリスのフードを取り払う。

【姿変えの薬】の効果が、あっさり消える。平凡な茶髪が、毛先からじわじわとオレンジに近い赤毛に戻っていく。

「……ひっ」

先ほどまで親しげだったフロナが、悲鳴を呑《の》み込みながら後ずさる。

リコリスの瞳を見た者には珍しくもない反応だ。

すぐにフードを直そうとしたけれど、その前に周りを取り囲まれてしまった。

「ほら、やっぱりリコリスちゃんじゃないか！　子どもの頃と全然変わってないねぇ！」

「久しぶりだね、リコリスちゃん！　どうしたの、陰気そうにフードなんかかぶって。それに姿まで変えちゃってさ！」

「一緒にいる人も赤毛みたいだけど、兄妹《きょうだい》なんていたっけねぇ？」

口々に声をかけてくるのは、お菓子屋の夫婦や本屋の主人。

癖毛の頭を撫《な》で回されたり、硬い手の平で頬を押し潰《つぶ》されたり。手荒い歓迎にもみくちゃにされ、顔をさらしている恐怖など感じる余裕もないくらいだ。

「ちょっ、ちょっ……やめて、待って、落ち着いてってば！」

何とか解放された頃には、髪も服もボロボロに乱れていた。リコリスは荒い呼吸を整えながら、がっくりと項垂《うなだ》れる。

ついでに向かいの席からの物言いたげな視線が痛い。リコリスは目を合わせないようにして、言い訳めいた言葉を口にする。

「……そりゃ、あっさりばれちゃったけど。八歳まではよく来てたんだもの、仕方ないでしょ。祖母共々お世話になったし」

「ヤダねぇ、エニシダさんにお世話になってたのは私らの方さ！　そうだ、エニシダさんは元気にしてるかい？」

街に来るたびに顔を出していたお菓子屋の奥さんが、痛いくらいに背中を叩《たた》いた。

一瞬咳《せ》き込みかけたリコリスは俯き、平淡《へいたん》な声を出す。

「祖母は、もう亡くなったの。五年前にね」

店内の喧騒《けんそう》が、再び止《や》んだ。

先ほどとは異なり、今度は沈鬱《ちんうつ》な雰囲気だ。

「そう、だったのかい。悪いこと聞いちまったね……」

背中を叩いていた手が、肩に移動する。励ますような力強さに、リコリスはぎこちない笑みで首を振った。

本屋の主人が、白髪の交じった頭を撫でる。

「惜しかったな。あの人は、本当にすごい人だった……」

「俺も仕事中に怪我した時は、よくエニシダさんの薬を頼ったもんだよ」

「子どもが夜中に熱を出した時もね……」

しんみりと黙り込んでいたお菓子屋の主人が、空気を変えるように手を打った。

「よし！　エニシダさんを悼むためにも、今夜は飲んで騒ぐとしようか！」

「いいねぇ、あの人を偲《しの》ぶに相応《ふさわ》しいや！」

リコリスの周りに集まっていた者達も、それを合図にめいめい騒ぎ出す。

新たなボトルを注文したり、肩を組んで歌いだしたり。

にわかに活気が戻った食堂は忙しそうだ。

フロアを出ていくフロナと目が合ったけれど、彼女はすぐに視線を逸《そ》らした。早足で立ち去る背中には拒絶がありありと浮かんでいて、リコリスは俯く。

ゼルクトラが平然としているから忘れかけていたが、あれが当然の反応なのだ。

落ち込んでいる暇もなく、リコリス達のグラスに追加のワインが注ぎ足される。なみなみとしたグラスを見て、ゼルクトラは感心したように呟《つぶや》いた。

「間違いなく、リコリスの人格形成に影響を与えた街だな」

「何を見て納得してるのよ……」

ゼルクトラが街の住人とのやり取りに口を挟まなかったのは、気遣いというより関係性を観察するためだったのだろう。

リコリスは戸惑いこそしたものの、本気の拒絶をしなかった。互いに抱く好感情がすぐに見えてくるはずだ。

「……あまり、魔女への偏見がないのだな」

店内の様子を眺めながら、彼は目を細める。

フロナの反応もしっかり見ていただろうが、大半が好意的だ。つい十数年前までは魔女というだけで風当たりが強かったので、ここまで受け入れられることは非常に珍しい。

「特にあの世代の人達は、魔女エニシダにお世話になったって人が多いのよ」

ノアは隣で、我関せずといったふうに林檎のサイダーを飲んでいる。

彼自身、エニシダの供としてこの地に足を運んでいるはずなので、顔見知りくらいいるだろう。ずっとフクロウで通していたらしいので、少年の姿に気付く者はいないが。

だが思うところはあるらしく、瞳が珍しく和らいでいた。時折見せる、長い時を生きた者特有の穏やかな眼差し。

リコリスも、ゼルクトラにならって酔っ払い達を眺めはじめる。

赤ら顔で笑うお菓子屋の主人はすっかり頭髪が寂しくなっているし、奥さんも一段とふくよかになっている。リコリスが成長した分、彼らも変わったのだ。

優しい街の人々に、再び会えてよかった。変装が見破られた時は動揺したが、気付いてくれたこと自体はとても嬉《うれ》しい。

ゼルクトラも、雰囲気につられてか安らいだ顔をしていた。

「こういった場所に来るのは初めてだが、温かいものだな。一人じゃないから、なおさらそう感じるのだろうか」

公式記録においては王太后の第一子だが、ゼルクトラは先王とその実妹の息子。禁忌とされ、王宮の奥に秘されてきたのだった。

なぜだろう。穏やかな横顔を見ていると、何かせずにはいられなくなる。

こっそり残しておいた腸詰めをそっと差し出せば、彼はふと相好を崩した。

「いや、温かい料理が食べたいわけではないぞ？」

「あんたの思い出話、泣けてくるからやめてちょうだい」

「確かに城で出される食事は、父が死んで以降冷たいものばかりだったな……」

「だからやめてってば」

半眼のリコリスをじっと見つめていたゼルクトラだったが、やがてほろ苦く笑った。

「甘いな。俺はただ、同情を引こうとしているだけかもしれないぞ？　リコリスは賢いのに、他人を切り捨てることができないから損をするのだ。だからこうして、俺のような人間につけ込まれてしまう」

それは、忠告の体を取っていながら、まるで弱くすがっているかのよう。

リコリスはグラスを叩き付けるようにして置くと、ゼルクトラを睨《にら》み上げた。

「つけ込まれていたとしても、計算の方がまだましよ。酒がまずくなるって言ってるの」

難癖に近い言い草に、彼は見開いた目を何度も瞬かせる。

「リコリス、今日は絡み酒か？」

「私は全く酔ってません」

「……お前、もはや酔いどれ魔女と名乗るべきではないか？」

呆《あき》れたような声音には、先ほどまでの自嘲は感じられない。

これでいいと頷《うなず》くリコリスに、嘆息したのは使い魔だった。

「リコリス、気を付けた方がいい。その方は甘やかすとどこまでも増長しますよ」

いつも通りの笑みを浮かべながらも、ゼルクトラを見るノアの瞳はどこか冷ややかだ。

リコリスは不思議に思いつつ肩をすくめる。

「まぁ、今回の長距離移動は、ゼルクトラに無理をさせたしね」

途中休憩を挟みながらの行程だったが、人を抱え続けるのは重労働だ。抱えられていたリコリスとしては、温存していたつまみを譲るくらい大したことではない。

「無理なら私もしましたが」

「何を張り合ってるのよ」

やはり納得がいかないらしく、使い魔は不満そうにしている。

もしや彼も腸詰めを狙っていたのだろうか。ここは、同じくこっそり残しておいた豚肉のソテーを譲るべきか。

「というか気を付けるも何も、ゼルクトラって私のこと恋愛対象として見てないじゃない。相部屋に関しても、どこかの不埒《ふらち》な使い魔と違って文句一つ言わなかったわ」

出会ったばかりの頃はちょっとした触れ合いさえ意識したものだが、今となっては互いが家族のような距離感になっている。飛行移動の際しがみつくことに若干の抵抗があるのも、単純に照れくささと申し訳なさからだ。

これほど気安い間柄もないというのに、それでもノアは溜《た》め息をついた。

「恋愛対象ならば、まだ可愛げもあるのですがね……」

彼の保護者のような態度に苦笑をこぼしたのは、やり取りを見守っていたゼルクトラだ。

「その口振りからすると、ノア殿は可愛げとやらに相当の自信があるようだな？」

「えぇもちろん、何しろこの美貌《びぼう》ですから」

ノアが挑発的に鼻を鳴らすのを合図に、両者は空々しい笑みを浮かべた。何か目と目で複雑な会話を交わしている気がしてならない。

「だから何を張り合ってるのか知らないけど、あんた達どっちも可愛くないからね？」

本当に、いつの間にここまで仲良くなったのか。

うっすら疎外感を抱きながら、リコリスは何度目かのお代わりをグラスに注いだ。

さっさと部屋に戻ろうとしていたはずなのに、そのたび顔馴染《かおなじ》みの面々に引き留められてはお酒を勧められる。

そうこうしている内にだんだん酔いが回り、いつしかとっぷり夜も更けていた。

「リコリス、そろそろ部屋に戻るぞ」

「嫌よ。全然飲み足りないもの」

「いい加減にしろ、明日に差し支えるぞ。明日というか、そろそろ今日になりそうだが」

確かにリコリス達は、楽しくお酒を飲むためにトラトアニ領まで来たわけではない。

ゼルクトラの注意はもっともで、唇を尖《とが》らせながらも注いでもらった水を飲み干す。

やけに慣れたやり取りを見ていた客の一人が、疑問の声を上げた。

「そういやぁ、二人ってどういう関係なんだ？」

誰もが詳しく聞いていないことに気付き、顔を見合わせる。

「兄妹《きょうだい》じゃなかったか？」

「兄妹なんて聞いたことないし、顔も似てないぞ」

「そもそもリコリスちゃん、何で急に来たんだっけね？　私らに会いに？」

「そんなわけないだろう。【惚《ほ》れ薬】を売りに来たんじゃないか？」

不穏な推察が飛び出し、リコリスの酔いがさめていく。街中を混乱に陥れているという【惚れ薬】の責任を、全て押し付けられてはたまらない。

「ちょっと、それこそあり得ないから。私達はね、その『死の森』の魔女の【惚れ薬】っていうデマを調査するために来たんだから」

彼らも頭から信じていたわけではないのか、したり顔で頷き合う。

「やっぱりデマだったのかい。あのエニシダさんから教えを受けたリコリスちゃんが、薬をばら撒《ま》くなんて考えられないものねぇ」

「確かにあの人は金にうるさかったもんなぁ。でもそれなら、街での騒ぎは何だ？」

「そうだ、それにお前さん達の関係をまだ聞いてないぞ？　もしや恋仲か？」

「だからそれを明日から調査するんだし、私とこの人は単なる――……」

否定しようとしたリコリスだったが、間の悪いことにそこへ女将《おかみ》が通りかかった。

「その二人なら夫婦もんだろ。相部屋だってのに、全く平然としてるんだから」

店内はしん、と夜更けの静寂を取り戻す。

「え……じゃあここに来たのって……」

「まさか……結婚報告ー!?」

一気に蜂の巣をつついたような騒ぎになった。

大興奮のままリコリスに真相を追及する者、ゼルクトラを抱きしめ一緒に踊り出す者、喜びのあまり嬉し涙を流す者、店の外へと報《しら》せに走る者。いつの間にか寝入っていたノアの周囲だけが平和だ。

「もう滅茶苦茶《めちゃくちゃ》じゃない……」

「そういうところも、お前と同じ属性を感じるな」

「どういう意味よ?」

彼の前で失態を演じた覚えなどない。酒に溺《おぼ》れる以外は、何も。

「よぉし、今度はリコリスちゃんの結婚に乾杯……」

再び勝手に盛り上がろうとしていた酔客達を、硬質な靴音が遮る。

「──結婚とは、聞き捨てならないね」

穏やかな低い声音は、喧騒《けんそう》の中にあっても無視のできない引力のよう。

まるで賛美歌に耳を澄ますように、誰もが自然と口を閉じ、声のした方を振り返る。

そこには、柔らかな笑みを浮かべた青年が立っていた。

さらさらの金髪は清潔感のある長さで整えられ、青い瞳《ひとみ》は海の色のように鮮やかだ。身に着けているものは何てことのないシャツとベストだが、スラリとした長身のせいか気品さえ漂っている。

ゼルクトラとて隠しきれない高貴さを感じるが、彼の場合年齢以上の苦労も見える。

それに引き替え、優しげな青年は苦労知らず。まさに生まれながらの王子様のようだった。

「次期盟主様だ……」

誰かがポツリとこぼす。

間近で見るのは初めてなのかもしれない。神々しささえ感じているようで、居合わせた全員がその場に縫い止められたかのように動かなかった。

「僕というものがありながら、他の男と結婚だなんて。もしかして、僕に嫉妬《しっと》させるための可愛い嘘《うそ》なの？」

青年の眼差《まなざ》しは、いかにも愛《いと》しげにリコリスを映している。

「ここにいるって聞いたんだ。水臭いな、宿が必要なら僕を頼ってくれればいいのに。ずっと会えなくて寂しかったよ──リコリス」

ゆっくりと近付いてきた青年に、優しく抱擁される。

酔客達が呆然《ぼうぜん》としている間に、彼は女将へと視線を移した。

「女将、彼らの宿泊代は僕が払うよ。その代わり、このままさらってもいいかな？」

「は、はい……」

勝手に身の振り方が決められていく。

魔女たるもの常に冷静であれ。どんな逆境にあっても誇り高くあれ。

それが祖母の教えだったはずなのに、抵抗するという選択肢すら浮かばない。完全に思考が停止していた。

彼に会いたくないから変装していたのに、あっさり見つかってしまった。

リコリスにトラウマを植え付けた張本人──レナルド・トラトアニに。

昔のリコリスは、本当にごく普通の少女だった。

祖母も、祖母の使い魔のノアも大好きだったけれど、魔女になんてなりたくなかった。恋がしたかったのだ。

絵本に出てくる王子様のような人が、いつかきっと迎えに来てくれる。

少々夢見がちだったが、仲がよかったという両親への、うっすらとした憧《あこが》れもあった。顔も覚えていないけれど、彼らの愛情と絆《きずな》はとても強いものだったと教えられていたから……そんなふうに想い合える人に焦がれていた。

そして出会ったのだ。

祖母に連れられてやって来た街で、王子様のような少年と。

リコリスより一つ年上で、金色の髪と青い瞳が綺麗《きれい》な男の子。

何より、フードを目深にかぶった姿を不気味がらず、笑って一緒に遊ぼうと誘ってくれた。それだけで夢みたいに嬉《うれ》しかった。

ノアに頼んで、トラトアニ領へと足繁《あししげ》く通うようになった。

リコリスにとっては内緒の大冒険だったが、今にして思えば使い魔はきちんと祖母に報告していたはずだ。それが彼の役割なのだと分かるようになった今だからこそ、なおさら過去の自分が痛々しく思えてくる。

子どもだった。幼稚だった。

けれど幼いなりに必死だった。

優しい彼は、会いに行くたびにリコリスと遊んでくれた。

おいしいお菓子屋にも連れて行ってくれたし、絵本が好きだといえば本屋にも案内してくれた。我が儘《まま》も、ちょっと困った顔をしながらも許してくれた。

手を繋《つな》ぐだけではしゃいで、目が合えば嬉しくて。

魔法なんて使えなくても、ありのままのリコリスを受け入れてくれる。

これがきっと運命なんだと思った。

向こうも同じように感じていると思っていた。

馬鹿みたいに浮かれていたのだ。

ある日、パーティーに誘われた。

彼の誕生日ということだった。

事前にドレスを贈られて、リコリスはすっかり舞い上がってしまった。

一番似合う色だと言ってくれた、淡いスミレ色の可愛らしいドレス。歩くたびに裾《すそ》のレースが揺れ、腰のリボンが躍る。

彼に相応《ふさわ》しいお姫様になった気分だった。

屋敷の敷地内にある、パーティー用ホールの扉を意気揚々と開ける。

その時、時間が止まった。

同世代の着飾った子ども達。

女の子のドレスは色とりどりで、目がチカチカしたことをよく覚えている。

けれど目を瞬かせている間に、状況は一変する。

誰かが、甲高い悲鳴を上げた。

『化け物っ……恐ろしい、金色の瞳の魔女だわ……！』

突き刺さったのは投げ付けられた言葉か、嫌悪に満ちた眼差しか。

忘れていたのだ。

彼があまりに自然に接してくれるから、フードなどなくても大丈夫だと勘違いしてしまった。異質な存在なのに。理解していたはずなのに。

蔑《さげす》まれ、あるいは嘲笑《ちょうしょう》され。

ドレスが急に不釣り合いに思えて、リコリスはその場から逃げだした――。

リコリス達は、いつの間にか盟主の館《やかた》へと移動をはじめていたようだ。

先ほどまで外していたフードを無意識にかぶり直していたらしく、さらに目深に直す。

瞳を見られることを徹底的に避けるようになったのは、あの時からだ。

自分に自信が持てなくなったのも。

リコリスは、ありのままの自分を拒絶されることを、何よりも恐れる。

だからフードを手離せないし、未《いま》だに伝説の魔女である祖母を演じてしまうのだ。

無条件でまるごと受け入れてくれる人なんて、いないと分かっているから。

大好きだったのに、家族だと思っていたのに、祖母ですらリコリスを置いて行ってしまったのだから。

「さぁ、着いたよ」

レナルドの声にのろのろと顔を上げれば、高い塀の向こうに立派な屋敷が建っていた。

木組みの家が多い中、ここは石造りだ。昔も何度か訪問した経験があるけれど、広大な全貌《ぜんぼう》が明らかになったことはただの一度もない。

庭園の奥に佇《たたず》む建物は風格の漂うレンガ造りで、灰色の屋根は街でよく見かけたものと同一だった。その背後にはゴシック様式特有の円形状の屋根が見えるので、敷地内に聖堂でもあるのかもしれない。

共和国側は身分制度が廃止されていると聞くが、盟主ともなれば資産も豊かなのだろう。

リコリスは思考しながらも、扉の前でピタリと足を止めた。

当然従うだろうと思われるのも癪《しゃく》だ。

幼心に沁《し》みついた恐怖は拭《ぬぐ》えないながらも、必死に平静を装う。

「……一つ、聞いてもいいかしら？　人前であんな態度をとってみせたことに、どういう思惑があったの？　あれじゃあ明日には、街中に誤解されているわよ」

心から愛していると主張せんばかりだったが、それを素直に喜べるほど彼を信用していない。絶対に裏があるはずだ。

レナルドは爽《さわ》やかな笑顔を崩さずに、やんわりとリコリスの背中を押した。

「そういったことは、落ち着いて話さないか？　君がいると聞いて、既に屋敷の者達にも迎え入れる支度をさせているんだ」

この扉をくぐることへの躊躇《ちゅうちょ》に気付かれているのだろう。強引に進めようとしないのは人目を気にしてか。

リコリスはちらりと背後に視線を投げる。

ゼルクトラは状況を理解していないだろうに、文句一つ言わずついてきていた。ノアは理解しているだろうが、あくまで淡々と。

祖母がいなくなり、この先はずっと孤独に生きていくのだろうと思っていたのに、今はゼルクトラがいる。彼は金色の瞳を気味悪がらないし、リコリスを否定しない。

使い魔は、従順ではないけれど誰より頼りになる相棒だ。

大丈夫。敵地に一人で乗り込むというわけじゃない。

レナルドの思惑を知るために、リコリスは覚悟を決めて一歩踏み出した。

通されたのは、品のいい調度で調えられた客間だ。

夜も遅い時間帯なので申し訳程度にお茶を供される。

そうして使用人達が部屋から出ていくと、レナルドの態度は一変した。

一人がけソファに背中を預け、高く足を組む。

「改めて久しぶりだね、リコリス。相変わらず陰気臭いな」

先ほどまでの甘い雰囲気などどこにもなく、むしろ明らかに見下した振る舞い。

窓辺に立つゼルクトラやノアはその落差に少なからず驚いているようだが、リコリスは冷静でいられた。

彼の本性を知っていたからだ。

ドレスの裾をからげて逃げ出したあの時。

背後で聞こえた嘲笑交じりの声は、間違いなく恋い焦がれた彼のものだったから。

「……その陰気な女についさっき甘い言葉を囁《ささや》いたのは、どこのどなたかしら？」

「あの程度で甘いなんて思ったの？　相変わらず男に免疫がないんだね」

レナルドの視線が、チラリとゼルクトラを捉《とら》える。

「そのわりに男連れみたいだけど。一体彼は何者？　とても恋人には見えないね」

「あんたに教える義理はないわ。恋人だったらいけないの？」

「もし本気でそう思っているなら、金目当ての詐欺なんじゃないかと忠告しておくよ。だって君と彼とでは、どう足搔《あが》いても……ねぇ？」

――む　か　つ　く……っ!!

釣り合わないとでも言いたいのか、同情的な眼差《まなざ》しがますます怒りを煽《あお》った。

かつての初恋の相手は、因縁の宿敵になり果てたのだと思い知る。

リコリスは頬を引きつらせながらも、頭を全速力で回転させ皮肉の材料を探した。

「そういえば、王国側の貴族令嬢との縁談話があったそうじゃない。でも、まとまる前に速攻で立ち消え。笑っちゃうくらいご愁傷さま。そもそも破談後すぐに花嫁選びなんてしている辺り、人としてどうかと思うけどね？」

にっこり笑ってみせれば、レナルドは表情を失った。

人形めいた空気をまとった彼の青い瞳《ひとみ》に射貫《いぬ》かれると、わけもなく不安になる。

リコリスが落ち着きなく視線を彷徨《さまよ》わせていると、レナルドは冷たく微笑《ほほえ》んだ。テープルを挟んで対面にいるのに、捕捉《ほそく》されてしまったような恐怖が込み上げる。

「知ってたのか……なら話は早い」

ゆったりと足を組み替えると、彼は想像を絶する言葉を放つ。

「君、祭典の日まで、僕の恋人のふりをしてよ」

「――――はあぁぁぁあっっ!?」

文字通り、リコリスの全身に激震が走った。

「どうせ、『死の森』の魔女の【惚《ほ》れ薬】について調査に来たんだろう？　お祖母《ばあ》ちゃん子の君のことだから、黙っていられないだろうと思ったんだ」

彼の口振りは、まるで確信犯のそれ。

捕まってしまったというリコリスの感覚は正しかった。

「あんた……まさか……」

「魔女としての矜持《きょうじ》を刺激する。君をおびき寄せるには、ちょうどいい嘘《うそ》だろう？」

決定的な自白に目眩《めまい》がした。

【惚れ薬】の噂《うわさ》を流したのは、レナルドだったのだ。

『死の森』の魔女と指定した犯人には何かしらの目的があるだろうと思っていたが、全て彼の掌《たなごころ》の中《うち》ということか。

魔女の名を騙《かた》る者に相応の罰を与えようと考え、まんまとおびき出されてしまった。

口惜《くちお》しさのあまり自失するリコリスを嘲《あざけ》るように、レナルドが嘆息する。

「花嫁選びなんて冗談じゃない。けれど僕もいい歳だし、ただ反対したって父は止まらない。それでこの作戦を思い付いたんだ」

彼は立ち上がると、獲物をなぶるような足取りでリコリスの背後へと移動した。

幼い頃は優しかった手の平が、ねっとりと肩を撫《な》でる。

「何度も会っていた君が相手なら父も違和感を抱かないだろうし、いったんは納得して花嫁選びを保留にしてくれるだろう。忌まわしい魔女だが、利用価値も高いとね」

耳に吹き込まれる声は蠱惑《こわく》的で、恋人同士の睦言《むつごと》のように脳を麻痺《まひ》させていく。

「何より君なら、どれほど傷付けたって心が痛まないもの。他の女性をこんなことに利用するのは、さすがに気が引けちゃうしね」

体が動かない。

指先が温度を失い、全身を巡る血が心まで凍らせていくようだった。

リコリスは、やはり彼への恐怖に囚《とら》われているのだ。

あれから十年以上も経ち、魔女として一人前になり、たくさんの依頼を自分の判断でこなすようになった。王侯貴族にさえ膝《ひざ》をつかなかった。

それなのに彼といると、八歳の弱かった自分に戻ってしまう——。

「——それ以上近付かないでもらおうか」

鋭い声が、リコリスを正気に返らせる。

レナルドとの間に体を割り込ませたのは、ゼルクトラだった。

対峙《たいじ》する彼から視線を外すと、レナルドはつまらなそうに鼻を鳴らす。

「……彼は君の使い魔か何かなの？　ずいぶん忠実じゃないか」

王兄であるゼルクトラを使い魔と誤解されたことが、少しおかしかった。ついでに、本物の使い魔の方が全く動いていないことも。

強張《こわば》っていた肩から力が抜けていく。

ひとつ息を吐き出すと、リコリスは真っ直ぐレナルドを見返すことができた。

「馬鹿馬鹿しい茶番ね。私が付き合う義理なんてないわ。せいぜい可愛らしい花嫁候補に囲まれて、情けなく困ればいいじゃない」

ようやく皮肉の調子も戻り、ソファから立ち上がる。

どのような思惑でおびき出されたのか分かった以上、もうトラトアニ領に用はない。

遅い時間だが、このまま『死の森』に帰って飲み直そう。先ほどの宿屋に戻ったっていい。とにかく、こんなところに長居する気はなかった。

「あの宿屋ならとっくに閉まってるよ。君は他人に迷惑をかけるのが嫌いだろう？」

「八歳から会ってないっていうのに、あんたに私の何が分かるっていうのよ」

「──本当に無視できるの？　君の名の下《もと》に起こっている、この馬鹿騒ぎを」

既に背を向け歩き出していたリコリスだったが、見て見ぬふりも確かに寝覚めが悪い。思わず振り返ると、彼は勝ち誇ったように笑った。

「ほら、全然成長してない」

レナルドへの嫌悪など、魔女としての矜持には代えられない。

それを、大嫌いな男に見透かされているのが何より悔しかった。

「部屋は好きに使ってもいいし、無料で食事も出すよ。そもそも──大騒ぎになっているだろう宿に、君は本気で戻るつもり？」

花嫁選びを数日後に控えた住民達にとっては格好の話題だろうから、噂は既に街中を駆け巡っているとみていい。

どこに行っても注目され、レナルドとの関係を根掘り葉掘り質問されることだろう。お菓子屋夫婦や本屋の主人は我が事のように祝い、連日酒盛りを繰り広げるかもしれない。

それは、引き籠《こ》もりの魔女にとって苦行にも等しい。

「……せいぜい贅沢《ぜいたく》してやろうじゃない」

「どうぞ。できるものならね」

世話になる、とは口が裂けても言えず、リコリスは敗北感に打ちのめされた。

◇◆◇

翌日。リコリス達は食堂で朝食をとっていた。

パンケーキや腸詰め、オムレツはさすがに絶品で、家事歴うん十年のノアが作ってくれるものと何ら遜色《そんしょく》ない。それがまた癪《しゃく》だ。

あまりに心がささくれ立っていたからだろうか、昨晩はよく眠れなかった。

かつてこの屋敷で暮らす日を夢見ていた自分が滞在することになるとはまさに皮肉で、柔らかなベッドに顔を押し付けながら夜通しうめき続けた。

「一晩考えてみたんだけど、ゼルクトラって完全にとばっちりよね。せめてあんただけでもノアに送らせせましょうか？」

寝不足ぎみの頭を働かせながら、正面の席につくゼルクトラに問いかける。

「こんなことに、あんたまで巻き込みたくないし……」

「リコリス。俺は、お前を置いて先に帰ろうなんて思っていない。役に立ちたいと言っただろう？　何ができるわけでもないが、せめて側にいさせてくれ」

確かに聞き込みは任せられなかったが、彼は萎縮《いしゅく》するリコリスに代わってレナルドと対峙してくれた。頼もしいと感じたくらいだ。

「あれが以前に聞いた、黒歴史の相手なのだな。間違いなく俺より王子様だった」

「一応、昔は中身も王子様だったのよ。単に気付いてなかっただけかもしれないけど」

街中の人が彼の猫かぶりに騙《だま》されていそうだったので、八歳の子どもが気付けなくても無理はないと思うが。

あの出来事だけだったならば、手酷《てひど》く傷付きはしたものの、彼自身を嫌う方向には動かなかったかもしれない。

すまなそうに『あんなことになるなんて思わなかった』と言われれば、ころりと信じ込んでいただろう。それほどまでに夢中だった。

『あんな気味の悪い女を好きになる奴がいると思うか？』。……あの男、私がホールから逃げ出したあと、周りの友達にそう言ってたのよ」

はっきり聞こえた彼の声を、間違えるはずがない。

今も耳の奥にこびりつくあの言葉で、リコリスの初恋は無残に砕け散ったのだ。

「以来、ノアの言う通りただの引き籠もりよ。それもあいつとのことを引きずってるせいだと思うと、だんだん自分に腹が立ってきたわ」

「……悪質だな」

「そうね。子どもって無意識に残酷だから」

「というより、ずいぶんこじらせているのではないか？」

「こじらせ？」

どういう意味かと問い返せば、ゼルクトラは肩をすくめた。心なしかその眼差しに、憐《れん》憫《びん》が混じっているような気がする。

「結論から言うと、お前は屑《くず》を引き寄せる体質らしい」

「どういう結論よ⁉」

「リコリス、そんなことより今は調査に集中しましょう」

「私の人生を左右するかもしれないことを『そんなこと』で片付けないでくれる⁉」

いかにも正論らしく口を挟んだノアは、どうせリコリスの反応を楽しんでいるだけに決まっている。何て使い魔だ。

けれど彼の言う通り、そろそろ建設的な話をしなければならない。

「今日は、それぞれ手分けして調査をしましょう。私は肉屋の夫婦のところに行くから、ゼルクトラは材木屋の息子について調べて。ノアは、フロナにしつこく言い寄っていたっていう男を……って言いたいんだけど、さすがに子どもの姿だと警戒されるわよね」

リコリスはノアを見下ろしながら思案する。

いくら大人びているとはいえ、子どもを相手に色恋沙汰《ざた》を語ろうとは誰も思わない。むしろ純粋な心を汚すまいとするはずだ。

けれどノアは、問題ないと首を振った。

「大丈夫ですよ。『フロナお姉ちゃんがすごく心配してたから、僕が元気にしてあげたくって』。……このように、無垢《むく》な子どもを演じて懐に潜り込めばいいのですから」

瞳《ひとみ》はきらきらと潤み、無邪気な声音は聞いたことがないほど高い。

まさに健気《けなげ》で可愛らしい少年と言えるのだが、リコリスは普段の彼を知っているだけに胡散臭《うさんくさ》いものを感じてしまう。こんな特技まであったとは。

見てはいけないものを見てしまったような気がして視線を逸《そ》らしていると、少年の細い指が目元に触れた。

「やはり、よくお眠りになれなかったようですね」

「え？」

レナルドとの確執を案じているのか、彼の眼差《まなざ》しは労《いたわ》りに満ちていた。

リコリスはニカッと笑ってみせる。

「大丈夫よ。……自分でもちょっと意外なくらい、落ち着いているの。今も調査で頭がいっぱいで、あいつのことなんて考えもしなかったわ」

本当なら、もっと心を侵食され、打ちのめされていたかもしれない。レナルドの目に映ることが怖くて、身動きが取れずにいたかもしれない。

腹立たしいだけで済んでいるのは、彼らが側にいてくれるからだ。

やせ我慢でないことが伝わったのか、ノアは安堵《あんど》するように息をついた。

「調査については、あなたのしたいようになさってください。万が一途中で逃げ出したくなったとしても、屋敷の構造は昨晩の内に把握いたしましたのでお任せを」

「……ありがと」

普段は敬いもしないくせに、昔から弱っている時だけは優しいのだ。

彼やゼルクトラがいれば、きっと逃げ出すことなく前を向ける。

束の間、リコリスと使い魔は静かに微笑《ほほえ》み合った。

リコリスは朝食を食べ終えると、早々に屋敷を出た。確か精肉店は宿屋のほど近く、広場の一角にあったはずだ。

いよいよ明日が祭典当日ということもあり、街中はさらに活気づいていた。

商魂たくましい者は定番のエールから腸詰めなど軽食の準備に忙しいらしく、あちこちで慌ただしい声が飛び交っている。

商店が連なる通りから広場にかけて、パレードも行われるらしい。大通りのそこかしこが花で飾られていた。

――ん？　よく見ると、ローブを着てる人が多いような……。

道行く少女達が、暗い色のマントを羽織っている。それぞれに生花をあしらうなどの工夫をしているものの、地味な装いは祭りに相応《ふさわ》しくないように思う。

一つだけ心当たりがあるとすれば、レナルドの花嫁選びだろうか。

彼の発言が街中に広がり、どこでどうねじ曲がったのか、魔女が選ばれるのではという誤情報に変化しているとしたら。

……何にせよ、魔女のローブを着ていても周囲に溶け込めているのだから、好都合と思うしかないだろう。おかげで顔見知りに見つかる可能性も低くなったわけだし。

リコリスは、念のため俯《うつむ》きがちになって広場へと向かった。

精肉店の看板が下がった店舗は、ちょっとした人だかりができているおかげですぐに見つかった。近付くにつれ、店内から怒鳴り合う声が聞こえてくる。これを聞き付け、心配する者や興味本位の輩《やから》が集まっているのだろう。

リコリスも人垣からひょいと覗《のぞ》き込む。

仕事などまるで手に付かない様子で、壮年の男女が言い争っていた。

「俺は浮気なんかしてねぇって言ってんだろ！【惚《ほ》れ薬】だろうとなんだろうと、私は浮気なんか許さないからね！」

「とぼけるんじゃないよ！　あんたが若い女と会ってるところを、私の友達が確かに見たってんだからね！　わざわざ隣町まで行って、ご苦労なことだよ！」

「だから、それが誤解で……」

女性の方は摑《つか》みかからんばかりの勢いで、男性はたじたじだ。疑われても仕方がないくらいには目が泳いでいる。

「勘弁してくれって、少しは周りの目を気にしろよ！」

「何を誤魔化そうとしてんだい！　これは周りなんて関係ない、夫婦の問題なんだよ！」

「違う、隣町に行ってたのは……」

「ほら、言えない！　何か疚《やま》しいことがあるからだろう!?」

このまま夫婦喧嘩《げんか》を聞いていても仕方ないので、リコリスは外野から声をかけた。

「本当に【惚れ薬】を飲んだの？」

観客から、まるで猛者《もさ》でも見るかのような視線が集まる。

「実際に【惚れ薬】を飲んでいれば、誘惑に抗《あらが》うことは不可能よ。情状酌量の余地はあるんじゃないかしら？」

「情状酌量!? とんでもねぇ、やってもないことを認めてたまるかよ！」

慌てて反論する男性だったが、ますます女性の怒りに火が点《つ》いてしまう。

「じゃあ【惚れ薬】なしで惚れちまった——つまり本気だったってことかい!?」

「違う、何でそうなるんだ……！」

【惚れ薬】は一切関係ないということで、リコリスにとってはこれで無事解決だ。だが、火に油を注いでしまった責任はとらねばならないだろう。

「奥さんに隠しごとをしても無駄だと思うわよ。長年連れ添うと嘘《うそ》が見抜けるようになるっていうのは、どこの夫婦も同じらしいから。嘘をつくことで何を守っているのか知らないけど、大切なものが壊れてから後悔しても遅いって忠告しておくわ」

青ざめた男性は、妻を振り返った。

不信感に満ちた眼差しだ。築き上げてきた信頼が、今にも崩壊してしまいそうなほど。妻が出て行ってからでは遅い。

そう悟った男性は店舗奥の住居に駆け込むと、飛ぶような速さで戻って来た。

彼の手にあるのは、蝶《ちょう》の細工が美しい木の櫛《くし》だ。

「祭りの日に渡して、驚かそうと思ってたのによぉ……」

差し出されたものに、女性は呆然《ぼうぜん》と言葉を失った。

「いつも母ちゃんには苦労かけてるからさ。娘も無事に嫁いだことだし、何かちょっとしたもん買ったって罰は当たらねぇだろう？　若い女と歩いてたってのは、そりゃ店を教えてもらってたからだ。俺には、洒落《しゃれ》たもんを売ってる店なんて分かんねぇじさぁ」

照れくさそうに、しきりに頭を掻《か》く男性。それを潤んだ瞳で見つめる女性。完全に二人の世界が出来上がっていた。

リコリスは半眼で肩をすくめる。

「うんざりするほどただの惚気《のろけ》をどうもありがとう」

観客達からも、気の抜けたまばらな拍手が起こる。愛の確かめ合いを見せつけられ、好奇心で見守っていた者達は天罰かと遠い目をしていた。

パラパラと散開する観客達に交じって、リコリスも歩き出す。

するとと道の向こうから、ちょうどゼルクトラがやって来た。

「あれ、聞き込みはもう終わったの？」

「あぁ。案外早く片付いたから、こちらの様子を見に来たのだが……俺が手伝わなくても解決したようだな」

ゼルクトラが店先を覗いた時、既に二人は固く抱き合っていた。もういい。

「こっちは【惚れ薬】とは無関係だったわ。そっちは？」

「結論から言えば、こちらも【惚れ薬】は関わっていないようだ」

彼に任せたのは、材木屋の息子が、人が変わったように様々な女性に声をかけている、という件だ。真面目と評判だったから、【惚れ薬】でも飲んだのではと噂《うわさ》されている。

まず、手当たり次第というのがあり得ない。

【惚れ薬】というのは、飲んで初めて目にした人物に恋をするとか、飲ませた相手を好きになるとか、発動条件は様々だ。だが、共通する効果がある。

恋に落ちる対象は一人だけ、ということだ。

はじめからリコリスは、【惚れ薬】が使われている可能性は低いと思っていた。だからこそ聞き込み初心者のゼルクトラにも任せられたのだ。

「急に豹変《ひょうへん》したっていう理由は聞けたの？」

「あぁ。単純に、今までは恥ずかしくて自分を解放できなかっただけらしい。この騒ぎに便乗して、我慢をやめたそうだ」

なるほど。真面目という評判であれば、羽目を外すのも難しかっただろう。思春期らしい悩みごとだ。

「よくそこまで正直に話してくれたわね」

「まぁ、男同士だしな」

謙遜《けんそん》しているが、少しくらい対人能力が上がったのではないだろうか。

任せてよかったとこっそり微笑んでいると、切り裂くような鋭い声が耳に届いた。

「リコリス！」

何気なく振り返って、リコリスはぎょっとした。ノアが白いフクロウの姿で滑空し、こちらに向かっているではないか。

幸い低空飛行する猛禽《もうきん》類に驚く者はいても、彼が発した声に気付く者はいなかったようだ。リコリスは人目を気にしながら、肩に乗った使い魔を小声で窘《たしな》める。

「あんたね、こんな街中で……」

「そんなことを気にしている場合じゃありません！　大変です！」

性急に遮られ、リコリスは口を噤《つぐ》んだ。これほど焦る彼も珍しい。

「一体どうしたってのよ？」

「急いでください――病人です！」

道すがらの説明によれば、ノアもまた聞き込みをしていたらしい。

少年の姿をうまく活《い》かし、役場の次長の自宅というのもすぐに調べがついた。

フロナにふられ、失意の底に沈むあまり、体調を崩してしまったという青年。会うことは難しいだろうと思ったので、ノアはフクロウの姿になって家の窓を観察していた。

窓辺には涙に暮れる女性と、無念そうな男性。

失恋が元で寝込んでいるだけのはずが、あまりに悲愴《ひそう》な雰囲気だ。ノアは不審に思ってさらに踏み込んでみた。扉が開く時機を見計らって住居に滑り込む。

部屋の中を飛び回るフクロウを追い出そうとする夫婦に構わず、家の奥を目指す。そして、病床に就いている若者を発見した。

顔色は悪く、呼吸も微弱。

魔女の仕事を側で見てきたノアは、ただの失恋でここまで体調を崩すだろうかと疑問に思ったらしい。そうして、すぐにリコリスを呼びに来たのだという。

「それ、私が門前払いされたらどうするのよ？」

「お任せください。リコリスは口を開かず、なるべく堂々とした態度でお願いします」

たどり着いたのは、大きくも小さくもない一般的な家屋だ。

リコリスは息を整えながら、玄関扉を叩《たた》くノアを見守る。

顔を出したのは母親だった。精神的なものか、少し面やつれしている。

ノアは途端に涙ぐむと、大胆にも母親の腰にしがみ付いた。

「うわーんっ！　お兄ちゃんの具合が悪いって聞いて、なのに僕、何もできなくて！　神様にいっぱいお願いするしかなくて！」

「そうなの……あら？　でも、この街にあなたみたいな綺麗《きれい》な子いたかしら……」

「そしたらね、『死の森』の魔女さんが来てくれたの！　このお姉さんとってもすごい人なんでしょう？　不思議な魔法が使えるんでしょう？　きっと神様が、僕のお願いを聞いてくれたんだ！」

「まぁ……あなたがかの有名な……!?」

強引に押し切ろうとするノアに硬直していたリコリスだが、母親のすがるような視線に顎《あご》を上げた。使い魔に言われた通りに、堂々として見えるだろうか。

内心冷や汗を流していると、母親の瞳《ひとみ》から涙がこぼれた。

「あぁ、そうね。きっとこれは神のお導きね……。あの子、クルトは、本当に少し元気がないだけだったのよ。それなのにだんだんと食欲が減って、今ではほとんど目を覚まさなくなってしまって……。医者は気力がなくなっているだけだと言うし、教会で祈っても治らない。あとは魔女様におすがりするしかないと思ったのだけれど、主人はいかがわしいものに騙《だま》されるなと……」

祖母がトラトアニ領で人を救っていたからといって、魔女に偏見のない者ばかりではない。当然のことだ。

おそらく父親に見つかれば、彼女も叱責を免れないだろう。けれど青年の母親は少しも迷う素振りを見せず、リコリス達を家に招き入れた。

素早く奥の部屋へと案内される。途中、父親に来客が誰だったのかを訊《たず》ねられ、彼女は平淡《へいたん》な声で『いたずらだった』と答えた。ヒヤリとさせられた場面だ。

リコリス達だけ部屋に通すと、母親はリビングへと引き返して行った。

去り際、想いを込めて両手を握られた。とても強い力だった。

静かな部屋。そこには、確かに死の気配がある。

クルトという青年は、優しげな容貌《ようぼう》をしていた。

頼りない呼吸とやせ衰えた腕が痛々しい。

リコリスは眉根《まゆね》を寄せながら、急いでベッドに近付いた。

心臓の拍動が弱い。ざっと調べてみるが、肌の露出している部分に異常はなかった。ならばと無理やり顎を動かし、口の中を観察する。

口蓋《こうがい》、そして舌の裏に見られる、粘膜が引きつれたような痕跡《こんせき》。

失恋によるやつれではない。これは――。

リコリスはポケットの中の薬草を、ベッドの上にぶちまけた。

「リンドウ、ミルラ、ヘンルーダの種子……駄目、これだけじゃ足りない……ううん、今から処方しても、きっと間に合わない……」

焦燥のにじんだ呟《つぶや》きに、ノアはハッと顔色を変えた。

「その材料は……まさか……」

「お願いノア、超特急で家に戻ってほしいの。取って来るのは秘薬の方よ」

彼にも緊急性の高さが伝わったのだろう、多くは聞かず窓から飛び立っていく。

「どういうことだ、一体？」

白いフクロウの羽音が完全に聞こえなくなってから、ゼルクトラが口を開いた。リコリスは難しい表情のまま答える。

「ウマノスズクサ属、リンドウ、ミルラ、ゲッケイジュの実、ヘンルーダの種子、そしてハチミツ。テリアカという、有名な解毒薬の材料よ」

「――毒、だと？」

ゼルクトラが息を呑《の》んだ。

魔女の【解毒薬】を携帯していればよかったと、悔やんでも悔やみきれない。

先ほどクルトの母親から話を聞いた時も、もしやと思っていた。

食欲の減退、活動時間の減少。微弱な毒を摂取した時に現れがちな症状だ。

微弱な毒といっても即効性がないだけで、本人にさえ気付かせず少しずつ体を蝕《むしば》んでいくのだから、恐ろしいことに変わりはない。このまま放置していれば臓腑《ぞうふ》の機能が低下し、やがて死に至るだろう。

「テリアカはヘビ毒全般、狂犬病にかかった犬やネズミの噛《か》み傷、クモ、ヒキガエル、サソリの刺し傷、毒を飲んだ者、または毒槍《やり》で突かれた者に有効だとされているの。でも、医師が処方する解毒薬では、おそらく間に合わない。だからノアに秘薬を頼んだのよ」

『死の森』の家まで、ノアが単身全力で飛んだとしても、往復に数時間はかかる。間に合うかどうかはクルトの体力次第だ。

ベッドに散らばる薬草をポケットにしまい直していたリコリスは、タイムの小枝を手に取って動きを止めた。

タイムを燃やすと健康になれると言われている。気休めにしかならないだろうが、何もしないで待つよりましだ。

リコリスは決然とした顔でゼルクトラを振り返った。

「ノアが戻って来るまでに、私達もできることをしましょう。まずは体温を低下させないために、毛布を持ってきて。たぶんそこのクローゼットに入っているから」

医師だった父が遺《のこ》した知識には、毒素の排出を促すことも重要だと記されていた。本来ならば大量の水分を摂取させたいところだが、ここまで体力が低下していれば目覚めることすら難しいだろう。

できることは限られている。

ただ待ち続けるだけの時間は、気が遠くなるほど長かった。

その間に父親が役場へと出勤し、母親が部屋に顔を出した。

病状を説明すると衝撃を受けていたが、魔女の【解毒薬】が届くのを待つしかないと言えば腹を据え、リコリス達の簡単な昼食まで用意してくれた。

ノアがようやく戻って来たのは、日が傾き始めた頃だった。片道百キロくらいあるはずなので、それでもずいぶんと早い。

全員がクルトのベッドを囲む。

リコリスが作る【解毒薬】は、昏睡《こんすい》状態の者に処方する場合があるため、皮膚から浸透させられるよう独自の改良を施している。

クルトの心臓の上にオレンジ色の薬液を垂らせば、みるみると吸い込まれていく。

「……脈が安定してきた。おそらく一命は取り留めたはずよ」

だが、家を辞さねばならないぎりぎりまで粘っても、彼が目覚めることはなかった。

その後屋敷に戻り、ゼルクトラとノアと揃って食事をしたのだが、とても楽しい気持ちにはなれなかった。

予断を許さない状況で食事の味など分かるはずもない。口数も少なく、食べ終わればすぐに解散の運びとなった。

自室に戻る途中で立ち止まり、窓の外を眺める。

少し高台にあるため、暗闇に灯《とも》る街の光がよく見える。あの中のどこかで、息子の回復を願う母親が今も泣いているのだろうか。

自死、の可能性は母親が否定していた。

クルト自身、少しずつ悪化していく体調に不安がっていたという。

リコリスもその線は薄いと考えていた。

もし自ら死を選ぶほど消えたいと願うなら、微弱な毒である必要はない。一瞬で死ねる方法などいくらでもあるのだから。

失恋で傷付き、落ち込むあまり寝込んでしまった。

街ではそんな噂《うわさ》が当たり前のように流れていた。

医者も家族も、彼自身さえ気付かずにいた原因は、失恋の噂が大々的に流れていたためだろう。毒がもたらした体調不良だというのに、噂が目くらましになってしまったのだ。

【惚《ほ》れ薬】で街が混乱している、この騒ぎに乗じた悪質な犯罪。

そしてそれに自分の名前が利用され、人命が危険にさらされたことに、リコリスは強い憤りを感じていた。噂の真相を確かめるためにトラトアニ領に来なければ、本当に死んでいたかもしれないのだ。

明日は、彼に付きまとわれていたというフロナから話を聞かねばなるまい。

犯人に繋《つな》がる証言が出てくればいいし、彼女自身が事件に関与している可能性もある。

綺麗で気立てのいい娘だったが、誰しもが併せ持つ善性と悪性は散々見てきた。

人の気配が近付いて来るのを感じ、ふと窓から顔を離す。

闇に沈む廊下の向こうからやって来た人物に、リコリスは思いきり顔をしかめた。

視界に入れたくないほど端麗な容姿は、見間違いようもなくレナルドのものだ。未《いま》だに苦手意識が残っているから、二人きりでは会いたくなかった。けれど領内で起こっていることを、彼は知る必要がある。

「やぁ、リコリス。食事はまだかい？　よかったら一緒にどうだろう」

どこに使用人がいるとも知れないからか、リコリスに対しても王子様風の振る舞いだ。本性を知っているから気味が悪いだけだし、これでは真面目な話などできそうにない。

リコリスは手近な扉を開き、内密の話があると促した。

客間の一つなのか、リコリスにあてがわれた部屋と内装が似ている。

重厚なテーブルとソファ、足音を吸い込む厚地のカーペット。雑多な種類の書物が詰まった本棚に、窓辺の揺り椅子。そして続き間にはベッド。

リコリスは本棚の側を陣取ると、ソファに座るレナルドに早速用件を切り出した。

「領内で【惚れ薬】に関する騒動が起きていることは、知っているわよね？」

自らが撒《ま》いた噂だ、当然把握しているだろう。リコリスはそれを前提に話を続ける。

「あんたがついた身勝手な嘘《うそ》に振り回されて、命を落としかけた人がいるのよ」

「――どういうこと？」

レナルドの声音が真剣みを帯びる。

馬鹿馬鹿しいと聞き流さない程度には、魔女というものを信用しているらしい。

リコリスは包み隠さず今日の出来事を話した。

【惚れ薬】などどこにも存在しなかったと証明するはずが、毒を摂取し死にかけている青年を発見したこと。秘薬を飲ませたから命に別状はないと信じたいが、まだ意識が戻らず予断を許さない状況であること。おそらく事件性があること。

レナルドに報告をしたのは、これを事件として扱う権限を持つのも、青年や家族が受けた被害を補償できるのも、盟主だけだからだ。

けれど、軽率に虚偽の噂を広めた結果を思い知ればいいという感情も、リコリスの中に少なからずあった。

犯人も許しがたいが、そのきっかけを与えたレナルドに対しても怒っている。

自分本位の嘘に街中を巻き込み、結果として傷付く者が出たのだ。街をまとめる立場の人間として償いきれることではない。

そのため彼が顔色を変えたことに、リコリスは僅《わず》かに安堵《あんど》していた。

仕出かしたことは決してなくならないけれど、もし後悔すら感じないのなら救いようがなかった。リコリスにとっては最低の人間でも、街の人々に向ける笑顔や思いやりまで嘘だと思いたくない。そんな酷薄な人間が次期盟主なんて不憫《ふびん》すぎるからだ。

「……医者が必要な状態は、脱したの？」

「今のところ医者にできることはないけど、彼の意識が回復したら必要になるかもしれないわね。側にいてくれるだけで、母親にとっても心強いかも」

弱々しい声音に、リコリスは淡々と答える。

レナルドは項垂《うなだ》れ、金糸のような髪を乱暴にかき混ぜた。落ち込んでいるようだが慰める気にはなれない。

「見舞い金の手配もした方がいいな……」

「魔女の秘薬で回復したことを知ったら、あの家の父親が怒り狂うかもしれないから、あんたの口添えがあれば助かると思うわよ」

リコリスは本棚から離れ、部屋を横切る。話すべきことは話した。

「あとできることと言えば正式な謝罪と、犯人を見つけ出して法に則《のっと》り厳罰に処することくらいかしら。――調査は私が引き受けるから、あんたはあの家族を最優先にすればいいわ。私も名前を利用されて、報復しないと気持ちが収まらないから」

言い捨てながら退室しようとしたところで、レナルドに引き留められる。

いつの間にか立ち上がっていた彼が、リコリスの手首を摑《つか》んでいた。しかもその表情は険しく、まるでこちらを責めるようだ。

「君のそういうところ、昔から本当に嫌いだった。そうやって、あの使い魔みたいな男のことも籠絡《ろうらく》したの？」

「籠絡？　ていうか何で私が悪口言われなきゃいけないわけ？」

今さら嫌いと言われたくらいで傷付かないが、普通に腹は立つ。慰めはしないまでも、決して追い打ちはかけなかったのに。

「嫌いならさっさと放せば？」

「嫌だね」

「はい？　何よそれ、嫌がらせのつもり？」

うんざりと言い返せば、レナルドはふと動きを止める。

そうしてゆっくり作り上げられていく極上の笑みに、リコリスは総毛立った。青い瞳《ひとみ》の奥には歪《ゆが》んだ感情が浮かんでいて、不均衡さがひどく禍々《まがまが》しい。

「うん。紛《まが》う方なく嫌がらせだね」

距離をさらに詰められた、と思った時には、彼の腕が背中に回っていた。

あっという間に抱き込まれ、状況が理解できない。いや、頭が理解を拒否している。

「君は僕を嫌ってるようだから、こうして密着するのも腹立たしいだろう？」

手首を摑んでいた方の手が、リコリスのフードを外した。

明かりを点《つ》けていない部屋は薄暗いけれど、これだけ近ければ瞳の色も見えてしまうだろう。リコリスは体を強《こわ》ばらせ、ぎゅっと目を閉じる。

嫌悪感に満ちた、汚らわしいものでも見るような目付き。投げかけられた心ない言葉。逃げても逃げても追いかけてくる嘲笑《ちょうしょう》。幼い頃向けられた蔑《さげす》みが、嫌でも甦《よみがえ》ってくる。

大きな手が髪に触れる。一体何をされるのかと怯《おび》えきっていれば、彼の指先がオレンジに近い赤色の癖毛を愛《いと》おしむように梳《す》いていく。

恐怖で暴れ回っていた動悸《どうき》が落ち着いてくると、今度は混乱した。何だこの状況は。

「……こ、これも、嫌がらせなの？」

「そう。全ては嫌がらせだよ、嫌がらせ」

歌うような口調で答えるレナルドの吐息が、髪をくすぐる。

おかしい。何かがおかしい。

嫌がらせのはずなのに、甘い囁《ささや》き声も触れ合う体温も、何もかも優しく思えてしまう。

レナルドはどこか機嫌よさそうに、動揺するリコリスを覗《のぞ》き込む。

誘うような青い瞳と、艶《つや》っぽい笑み。何というか色気が駄々漏れだ。

「このまま君の全てを食べてしまえば、最高の嫌がらせになるのかな？」

そううそぶいた彼の唇が頭の天辺《てっぺん》に押し付けられた時、ついに羞恥《しゅうち》は最高潮に達した。

彼はただ遊んでいるだけ。リコリスを傷付けたいだけなのだ。

プツリと、何かが切れた。

「そのお綺麗《きれい》な顔を……」

「え？」

「さっさとどけろー！」

目の前の憎たらしい顔に向け、渾身《こんしん》の頭突きを繰り出す。

魔女らしからぬ物理攻撃は、恐ろしく鈍い音と共に見事相手の額へと直撃した。

そうして拘束が緩んだ隙に、リコリスは今度こそ部屋を飛び出す。

「あんたなんか、大っっっ嫌い！」

うずくまって声も出せずにいる彼に、捨て台詞《ぜりふ》が聞こえていたのか。

すぐさま逃げ去ったリコリスには確かめようがない。

◇◆◇

翌日も、リコリス達は朝から街に出ていた。

住民達にとっては待ちに待った花嫁選びの祭典当日。

少し歩けば客引きに呼び止められたり、仮装した者に陽気な声をかけられたり。大通りは人でごった返し、真っ直ぐ歩くこともままならない。

引き続き魔女の格好をしている者が目に付くが、他にも妖精《ようせい》や神話の登場人物になりきった仮装も窺《うかが》える。人魚や悪魔などもいるので特にこだわりはないらしい。

「これならフクロウが喋《しゃべ》ってても、仕掛けがあると解釈してもらえるかしらね」

「まだ昨日のことを根に持っているのですか。緊急事態では仕方ないでしょう」

「根に持ってるというか、事件が解決したら存分にご馳走《ちそう》してもらおうと思ってるだけ」

「何と意地汚い……」

普段通りの軽口だが、リコリスとノアに笑顔はない。二人のやり取りをいつも楽しげに聞いているゼルクトラもだ。

事件が解決したら。

これは、クルトの回復が大前提と言える。

そもそも今目が覚めたとしても、彼は祭りに浮かれ騒ぐことなどできないのだ。すれ違う笑顔の人々を見ていると、複雑な気持ちが込み上げてくる。

「暗くなっていても事件は解決しないわ。私達は、私達にできることを――……」

「魔女様!!」

切羽詰まった呼び声に、リコリスは思わず振り返る。人垣の向こうで手を振っているのは、昨日別れたばかりのクルトの母親だった。

何かを必死に伝えんとするその瞳は涙に濡《ぬ》れ、けれど表情はどこか明るい。

嬉《うれ》しい予感に駆られるように、リコリス達も人波を掻《か》き分けて走り出す。ようやく合流すると、クルトの母親はリコリスの両手を取って勢いよく頭を下げた。

「今、盟主様のお屋敷に向かうところだったんです。息子が……クルトが目を覚ましたことを、魔女様達にお知らせしたくて！」

予想通りの吉報だったが、やはり安堵は相当なものだ。

リコリスは肩の力を抜きながら、使い魔達と笑みを交わす。

「本当によかったわ。体調に問題はなさそう？」

「はい！　しかも朝から、お医者様が訪ねてきて……次期盟主様が派遣してくださったのだと聞きました。魔女様がお話しくださったんですよね？」

「別に、大したことはしてないわ」

既に医者がついているのなら心配いらないだろう。病人の看護には慣れているだろうから、体の負担にならない食事などにも詳しいはずだ。

クルトの母親は堪《こら》えきれないとばかり、ついに涙を流した。

「魔女様がいてくださらなかったら、私は大事な息子を失っていたかもしれません。失恋のせいで元気が出ないのだろうと、不調の原因を深く追究もせず……。本当に、本当にありがとうございました！」

こんなにも感謝されることはあまりないため、何とも面映《おもは》ゆい気持ちになる。

秘薬を渡す時に告げられる感謝の言葉は儀礼的なものだ。まだ何の効果も得ていないのだから、それは当然で、だからこそ直接感謝をぶつけられることも少なかった。

——きっとあの人も、こんなふうに感謝されてたんだろうな……。

魔女エニシダがこの街で尊敬されていたのは、たくさんの人々を救った証《あかし》だ。

面映ゆいと同時に誇らしくもなる。

「魔女様方、どうか我が家にいらっしゃってください。大したもてなしはできませんが、せめて感謝の気持ちをお伝えしたいのです」

「悪いけど、私はこれから用事があるの。というわけで彼らを行かせるわ」

突然水を向けられたノアとゼルクトラが、目を丸くした。

使い魔の肩を抱き、素早く囁く。

「医者がいるなら大丈夫だろうけど、秘薬の悪い影響が出ていないか確認してほしいの」

回復を心から喜んでいる母親には聞かせられないが、念のためは必要だ。ノアならば秘薬が作用しすぎていないかを見極めることができる。

「ならば、俺はリコリスについて行く。一人では何かあった時に危険だ」

ゼルクトラが小声で口を挟んだが、リコリスは首を振った。

「大丈夫よ、とりあえずフロナに会いに行くだけだし。それに、せっかく全員誘ってるのに一人しか来ないんじゃ、彼女もがっかりするわ」

「あなた、そっちが本音でしょう……」

ノア達は渋い表情をしながらも、顔を出すだけという条件付きで受け入れた。

優しい彼らは歓待を受ければなかなか中座できないだろうと考えながら、連れ立って行く三人を微笑《ほほえ》ましく見送る。

気持ちを切り替え、リコリスは宿屋に向かった。

街の人々の興奮は徐々に高まっているようで、何度か絡まれながらも宿屋に到着する。

扉を叩《たた》くとフロナが出てきた。

「あら、魔女さん」

今日の彼女は、全身黒ずくめの魔女の格好をしている。

可憐《かれん》な笑みを向けられ、かすかな違和感を持った。

彼女はリコリスが魔女だと知った途端、恐ろしげに青ざめていたはずだ。その反応を思い返せば、彼女が魔女の仮装をしていることは不自然だった。元通り親しげな態度もだ。

美しい少女のはずなのに、スラリとした体を包むローブが、奇妙に均衡を損なっているように見えてくる。

「おはよう、フロナ。こんな早くに悪いわね」

「大丈夫ですよ、朝から街中が騒いでますもん。うちの両親に用事ですか？」

「いいえ。あんたに幾つか聞きたいことがあって。今、時間はあるかしら？」

「はい！　お昼に花嫁選びがあるから、誰かと会う約束はしてないんです！」

表面上は、何の疑惑もないよう笑顔で接する。

そして上辺だけで会話をしているのは、リコリスばかりではないような気がした。

宿屋の中に通される。

受付は無人で、食堂の方がやけに騒がしい。飲食店はかき入れ時のため、彼女の両親共に忙しくしているのだろう。

空々しい笑顔を取り去ると、リコリスは改めて口を開いた。

「クルトを知っているわよね？」

「え？　はい……役場の次長の息子さんですよね」

なぜ彼の話題を振られるのか、心底から分からない。

フロナはそんな顔をしている。

「彼がしつこく言い寄っていたって聞いたわ。あんたに断られて失意のあまり、寝込んでいるんだって。街中みんなが知っているなんて、ちょっと面白いわよね」

「【惚《ほ》れ薬】騒動だって、みなさん楽しそうにしてたから……あっ。今朝、盟主様のお屋敷から使者が来て、魔女さんは今回の騒動に関わってないと聞きました！　すぐに根も葉もない噂話《うわさばなし》だって広まるだろうし、私も信じてますから！」

レナルドも、少しはリコリスに対して申し訳なさを感じているらしい。次期盟主が火消しに尽力するならすぐにも騒ぎは収まるだろう。

だが、リコリスが気になっているのはそこではない。

「私が面白いと言ったのはね、みんなが噂をばら撒《ま》いたことじゃないわ。みんなが寸分違《たが》わぬ噂を認識していたことよ」

噂話というのは面白いもので、元のかたちで広まることは極めて稀《まれ》だ。彼女の言葉ではないが、実際にはありもしない根や葉が自然に生えてくる。

「考え得る可能性が一つあるわ。——誰かが、意図的に噂を広めたとしたら？」

「それは、誰が何のために？」

「さぁ。推論ならいくらでも成り立つもの。たとえば、単なる悪趣味。クルトかあんたがだ嫌いで貶《おとし》めたかった。とはいえ、それだけなら噂が変化していく過程も愉快に楽しめるだろうから、理由として弱いわね。なら、こういうのはどうかしら？【惚れ薬】の噂に紛れさせ、真実を隠したかった——とかね」

フロナを注視していたけれど、特に動揺は見られない。

リコリスは核心に迫った。

「クルトはね、毒を飲んでいたの。遅効性の毒が彼の体を少しずつ蝕《むしば》んでいるのに、家族さえ気落ちして寝込んでいると勘違いしてたわ」

「ど、毒……!?」

フロナは口元を押さえて息を呑《の》んだ。

気が動転したのか、震える手でリコリスの肩を摑《つか》んで揺さぶる。

「ど、どういうことですか？　クルトは無事なんですか？」

「落ち着いて。一命は取り留めたわ。さっき意識を取り戻したって知らせがあったから、しばらくすれば事情を聞けるようになるはずよ」

「よかった……よかったです。彼が生きてるなら……」

安堵《あんど》の息を漏らしながら、彼女は手近な椅子にがっくりと体を預ける。

そうしてしばらく神妙な顔付きで黙り込んだあと、榛《はしばみ》色の瞳《ひとみ》でリコリスを見上げた。

「私の友人に、彼を好きだった子がいるんです。私はいつも彼女に協力していたんですけど……もしかして、逆恨みでこんなことを……」

「思いを寄せていたなら、まず横からクルトの心を奪ったあんたを恨むんじゃない？」

「彼がたくさんの人の前で私に告白したから、愛するあまり憎らしくなったのかもしれません。それに、恨まれていたかもしれないわ。実は、何日か前から二人きりで会いたいって誘われてたんです。私にも毒を盛る気だったのかしら……」

青ざめる彼女をつぶさに観察し、リコリスは瞑目《めいもく》した。

「その子からも話を聞いてみなくてはね。フロナ、悪いけど案内してくれる？」

「もちろんです」

決然と頷《うなず》くフロナの表情は、美しかった。

宿屋は広場に面しているので、扉を出てすぐに人だかりができている。

リコリスが来た時より賑《にぎ》わいも増しているため、簡単には通り抜けられそうにない。

「裏道からも行けるんです。魔女さん、そっちからでいいですか？」

頷《うなず》き返せば、フロナは宿屋の脇道に入った。見失わないよう彼女の背中を追う。

路地裏は雑然としていた。

酒樽《さかだる》や小麦の袋がどっさりと積まれ、使い込まれた掃除用具や洗浄済みの調理器具などが無造作に立て掛けられている。　頭上には建物同士に渡された頑丈そうな紐と、そこにぶら下がるたくさんの洗濯もの。

　そのせいだろうか、どこか広場よりも薄暗く感じる。

　祭りの最中《さなか》ということもあり、ひと気は全くなかった。誰ともすれ違うことがないため細い路地でもさほど煩わしさはない。

　何度か右に左に曲がれば、広場の喧騒《けんそう》がだんだん遠ざかっていく。

　前を行くフロナが立ち止まったので、リコリスも十分距離を取った状態で足を止めた。

　進行方向にあるのは行く手を阻む壁。

　完全な袋小路《ふくろこうじ》で、民家に繋《つな》がっているとは思えない。

「――クルトが毒を飲んだとは言ったけど、毒を盛られたなんて私は言ってないわよ」

　ポツリと呟《つぶや》けば、フロナはゆっくりと振り返った。

「あら嫌だ。魔女さんって性格が悪いのね。そんなに早く気付いてたなら、一生懸命演じ続ける必要なんてなかったじゃない」

　フロナは、あくまで可憐なままだった。

　今まで見せてきたものと寸分変わらぬ笑顔のまま、その手には包丁を構えている。

　誰に対する時も客観性を大切にしてきたし、そもそもフロナが魔女を疎んじていることも分かっていたから、驚きはない。

ただ少し、陰りのない笑顔を好ましく思っていたから悲しいだけで。

「……その包丁、路地裏にまとめられていた調理器具から掠《かす》め取ったの？　あんた、レナルドの花嫁になるより天職があるんじゃない？」

彼女の動向に注意を払っていたにもかかわらず、全く気付かなかった。

だがそう軽口を叩いた途端、フロナの瞳に剣呑《けんのん》な色が宿る。口角の下がったきつい表情はほとんど別人のようだ。

「あなたが、次期盟主様と知り合いだったとはね。『可愛いから選ばれるかもしれない』なんて、どの口が言うのよ。花嫁候補筆頭っておだてられて期待して、そんな滑稽《こっけい》な女を眺めながら内心では嘲笑《あざわら》ってたんでしょう？　愛されてるのは自分だって」

レナルドが流した適当な噂の余波が、こんなところにも。

全て彼の演技だったのだと釈明しても、こうも思い詰めている彼女は信じないだろう。

あの男を本気で呪いたくなる。

「もしかして毒を盛ったのも、レナルドと結婚するため？　クルトはあんたに好意を持っているから、何に混ぜてようが簡単に口にしたでしょうね」

「しつこく言い寄ってくるから、邪魔だったのよね」

フロナはすんなり肯定した。

「次期盟主様の花嫁に選ばれるために、評判が下がるような異性関係は断ち切りたかったの。【惚れ薬】の騒ぎに便乗しちゃえば、誰も私に非があるなんて思わないでしょう？」

犯行動機を滑らかに語るのは、おそらくリコリスを逃がすつもりがないからだろう。

死人に口なし。まだ言い逃れはできると思っている。

「クルトが目を覚ましたんだから、私の口を封じたって意味ないんじゃない？」

「お見舞いに行くもの。おいしいケーキでも焼いて」

おいしいけれど、のちのち体調を崩す殺人ケーキか。

花のように笑顔を綻《ほころ》ばせるフロナに、背筋を冷たいものが走った。災い除《よ》けのお守りは持っているけれど、ノアを置いてきたことが少し悔やまれる。

「そもそも不思議に思っていたんだけど、告白を誠実に受け止めた上で断れば、こんな真似しなくて済んだんじゃないの？」

クルトがどれほどしつこかったのか知らないが、何も殺そうとすることはない。

するとフロナは、心底おかしそうに笑い出した。

「フフ。案外子どもっぽいこと言うのね、魔女さん。彼はね、私の両親に交際を認めてもらおうだなんて言い出したのよ。誠実すぎて笑っちゃうでしょう？　体の関係があったくらいで、付き合っていると勘違いされても困るわ」

「はい……？」

衝撃的な発言に、開いた口が塞《ふさ》がらない。

体の関係を持っていたことに関しては、嫁入り前だとか節度とか貞淑だとか口うるさく言う者もいるだろうが、まだいい。

割り切った関係もあるだろうし、人それぞれ事情も考え方も違う。

問題は、クルトとフロナの間で認識に差異があったことだ。

両親に認められたいとはつまり、ゆくゆくは結婚を視野に入れていたということではないか。クルトは、彼女と付き合っているつもりでいたのだ。

そんな女性から、毒を盛られた。

この事実に気付いてしまった時の絶望は計り知れない。

「私より、よっぽど魔女っぽい性悪ね……」

「あら、褒め言葉？」

彼女は黒いワンピースを摘まみながら、クルリとその場で回ってみせる。

魔女であれば次期盟主の花嫁になれると、本気で妄信しているのだろうか。

「クルトがとっても邪魔だった。次期盟主様の花嫁に選ばれたいのもそうだけど、あんまり騒いで他の男達まで声を上げはじめたら面倒だもの」

「ってことは、あんた……」

肉体関係にある男性が、複数人いたということか。これではクルトがあまりに不憫《ふびん》だ。

リコリスの反応に、フロナは笑っている。

「私はね、たくさんの愛で満たされてないと不安なの。もっとも一っと、誰よりも愛されたい。幸せになりたいの」

彼女の心の歪《ゆが》みが、笑顔に独特の魅力を与えているのかもしれない。

だからこそ美しく、人を虜《とりこ》にせずにいられない。

けれどリコリスには、その本質がひどく悲しいものに見えた。

「……あんたがあんたを否定している限り、どんなに愛されても幸せになんてなれない。きっと際限なく欲しがり続ける。一生ね」

フロナは、不思議そうに首を傾げるだけだった。

あまりに無垢《むく》で、その姿は妖精《ようせい》のよう。

考えの隔たりはどう足掻《あが》いても埋まらないのだと、残酷なまでに突き付けられた気がした。同じものを見ているはずなのに、目に映る景色が違いすぎる。

「リコリス！」

背後から、ばらばらと足音が近付いてくる。

時間を稼ぐ意図はなかったが、どうやら期せずして助けが来たらしい。

慌ただしく駆けてくるのはゼルクトラとノア。そして彼らが率いているのは、自警団らしき屈強な若者達だった。

「二人共、早かったじゃない。十分おもてなしはしてもらった？」

「そんなことを言っている場合ですか。……宿屋に姿がないので慌てましたよ」

「リコリスが無事でよかった」

走り寄った彼らと軽口を叩《たた》いている横で、若者の一人が愕然《がくぜん》と呟く。

「フロナ……そんな……」

包丁を構えたまま、名を呼ばれた少女は微笑《ほほえ》んだ。

「あなたは、信じてくれるわよね。私は何もしてないわ」

怖ろしいほどいつも通りの彼女に、若者達は何も返すことができない。

やがて、誰かのすすり泣く声が路地裏に響きはじめた。

フロナは捕縛され、自警団が役場へと連れて行った。
リコリスはその足で、一人クルトを訪ねる。
ノアが診てくれたので容体は心配していない。
心配になったのは、彼が事実を知ること。フロナを捕まえたのはリコリスなのだから、
事件の顛末《てんまつ》をクルトに伝えるのは自分の責任だと思った。
病み上がりに聞くには酷かもしれない。
そう考えながら部屋に入ると、思いがけず静かな眼差《まなざ》しに出迎えられる。
その瞬間、気付いた。
彼はもう、全て分かっているのだと。
「あなたが、命を救ってくださったのだと、聞きました」
クルトの声は掠れていたけれど、聞き取れないほどではない。秘薬は内臓などの機能を
回復させるので、そのおかげだろう。
「本当に、ありがとうございました」
「……本心じゃないなら、お礼なんてちっとも嬉《うれ》しくないわよ」
リコリスは、ベッドの脇に置かれた椅子にチラリと視線を送ったが、座らなかった。
クルトの凪《な》いだ瞳《ひとみ》には、助かった喜びなどない。

ただ虚《むな》しさがあるばかりだ。

フロナの犯行だと気付いたのは、いつなのだろう。

体調に異常をきたしたはじめた時だろうか。ベッドで苦しんでいる最中だろうか。それとも——彼女から、笑顔で食べものを差し入れられた時か。

何の見返りも求めず、彼女を想って死ねるだけでよかったのかもしれない。

一生自分を忘れず、罪悪感を抱き続け苦しめばいいと思ったのかもしれない。

……助かったからにはどんな願いだろうと叶《かな》うことはないけれど、これだけの強い想いに気付かなかったフロナも、どちらも不幸だと思った。

「生きなさい。あんたを愛する人達のために。そして、自分の愛のために」

予期せぬ言葉だったのか、彼は目を見開いた。

そうしてゆっくり窓の外に視線を向ける。

賑《にぎ》やかな祭りの風景と、痛いほど美しい青い空。

「……それでも、彼女を愛していると言ったら、僕を愚かだと思いますか？」

欲しがるものは全てあげたいし、願いがあれば端から叶えてあげたい。笑ってくれるならどんなことでもできる。——そんな愛し方があってもいいだろう。

「愛し方も好みも、人それぞれじゃない？　まぁ、難儀だとは思うけどね」

僅《わず》かに言葉を交わしただけで、リコリスは部屋を出た。

それだけで十分だった。


『死の森』の魔女が関与しているという噂《うわさ》は消えたし、クルトの命も救えた。

後味は悪くとも【惚《ほ》れ薬】をめぐる事件を解決できて、もうトラトアニ領に用はない。

とはいえ、用がないのはリコリスだけだ。

レナルドの思惑は花嫁選びをぶち壊すこと。

花嫁選びに出場するか、恋人または婚約者として父親に紹介するまでは決してリコリスを逃がしてくれないだろう。

ならば、彼に見つかる前に出立するしかない。

リコリス達は盟主の屋敷に戻り、急いで荷造りをする。

「迷惑料と事件解決の成功報酬、絶対にふんだくってやるわ！」

「何と図々《ずうずう》しい……」

使い魔に呆《あき》れられるが、迷惑をかけられたのは事実なのだ。後日フクロウになったノアにでも請求書を届けさせようと画策する。

「よし。行けるわよ……」

手早く荷物をまとめゼルクトラを振り返った瞬間、リコリスは硬直した。

客室の扉にもたれかかるようにしてこちらを見守っていたのは、今最も見つかりたくない相手だった。

「宿屋の娘が殺人未遂で捕縛されたという報告が、役場から上がってきてね。君はすぐに逃げ出すだろうと思ったら、案の定だ」

優雅に腕を組む、洗練された立ち姿。理想の王子様が絵本から飛び出してきたかのような胡散臭《うさんくさ》い美貌《びぼう》を誇るレナルドが、無駄に甘い笑みを浮かべていた。昨日の頭突きはほとんど効果がなかったようだ。

状況が状況だけに不穏でしかなかったが、恐怖を悟られまいと笑みを返す。

「……ずいぶん知ったふうな口を利くじゃない」

「知っているさ。君に関することなら何でもね」

「今どき三文芝居でも聞かない台詞《せりふ》ね」

リコリスは昂然《こうぜん》と顎《あご》を上げてレナルドを見返した。

「今後一切あんたの思惑に乗るつもりはないわ。さっさと広場に行って、素敵な花嫁でも探してくれば？」

別れの挨拶《あいさつ》を叩き付け、そのまま彼の隣を通り過ぎる。

その時レナルドの唇からこぼれたのは、思いがけない名前だった。

「ゼルクトラ・ウェントラース」

途端、ゼルクトラの髪や瞳の色が元に戻っていく。その様を、ただ目を見開きながら眺めているしかなかった。

「絵姿通り、黒髪に青灰色《せいかい》の瞳。やはり【姿変えの薬】を飲んでいたのか。西ウェントラースの王族を堂々と連れ歩くなんて、君って本当にふてぶてしいよね」

レナルドは初めから知っていたというのか。ゼルクトラの容姿も、素性も。

ますます意図が分からない。

慎重に続く言葉を待っていると、彼は滑らかに語り出した。

「『死の森』を訪ねたのが、出会いのきっかけだったんだろうね。それからは週に一、二回くらいの頻度で会っている。君の使い魔が買い込む食材の量が増えた点、その日の深夜には王宮に送り届けられている点から察するに、一緒に食事をするだけの仲だろう」

「な……？」

「何度も言ったろう、君のことは何でも知ってるって」

いかにも愛《いと》しげな眼差しは在りし日を彷彿《ほうふつ》とさせるのに、リコリスは恐怖を感じた。

ノアが街に出たことや買いものの記録など、調べ上げてどうするつもりだろうか。というか、白髪の少年の正体を知りながらゼルクトラを堂々と使い魔呼ばわりしていたとは、何とも不遜《ふそん》な話だ。

「気味が悪い……あんた、一体何を企《たくら》んでいるわけ？」

「人聞きが悪いな。君が珍しく街に出た時に立ち寄った店や買いものの内容、触れたものや興味を持った様子のものまで事細かに調べてるけど、何も企んでないよ」

「何も企んでないのに逐一行動を監視されてる方が恐ろしいわよ！」

震え上がるリコリスを庇《かば》うように、ゼルクトラとノアが進み出た。

「何のことはない、おびき寄せた本当の理由もそれだな」

硬い表情のゼルクトラに、レナルドは肩をすくめる。

「一度お前と話してみたかったというのもあるよ。まさか本当に来るとは思わなかったけど、それほど信用してるという判断材料にはなった」

彼らが何を話しているのか分からないのに、どことなく口を挟めない雰囲気だ。リコリスはただ固唾《かたず》を呑《の》んで見守る。

「並々ならぬ執着心だな。過去に大勢の前で侮辱したというのも、やはり牽制《けんせい》だったか」

「誰にでも優しいところだけは、昔から直してほしかったんだ。おかげでお前のような有象無象が近付いてくるから、離れている間も気が気じゃない」

「そうして好きな相手を孤立させて、何が楽しいのだ」

「好き？」

言葉の応酬は、唐突に終わる。

レナルドはさもおかしげに鼻で笑った。

「──そんな薄っぺらい感情と、一緒にしないでもらおうか」

急に低められた声音と共に、彼のまとう空気が変わる。

青い瞳は鋭利な感情を隠しもせず、まるで獰猛《どうもう》な獣のよう。

街で親しまれている貴公子然とした姿はそこになく、危うささえ孕《はら》んでいる。瞳の奥に淀《よど》むのは明確な殺意だった。

「僕はただ僕という存在を刻み付けて、屈服させたいだけだ。たとえ憎悪や嫌悪であっても、同じ比重で想われたいだけ。一体何がいけないのかな？」

レナルドは、若干赤みの残る自身の額に触れる。

「何でも手に入れてきた。なのに、君だけが手に入らない」

金色の睫毛《まつげ》に隠れていた青い瞳が、ゆっくりとリコリスを射貫《いぬ》く。

間抜けなほど動けずにいたリコリスの手が、強く引かれた。

「リコリス、行きますよ！」

ノアの号令を契機に、軽々と抱え上げられる。ゼルクトラだ。

彼は客間を出ると性急に走りだした。

ぐんぐん遠ざかっていく扉をひたすら呆然《ぼうぜん》と見つめ続けていたリコリスだったが、レナルドの姿が見えなくなった途端に我に返った。

「あ、報酬……」

「あなたに危機感というものはないのですか！　おかしな口約束をすれば最後、あれは地獄の果てまでも追いかけてくる類《たぐ》いですよ！」

使い魔に怒鳴り返されながら、リコリス達は慌ただしくトラトアニ領をあとにした。


眼下に鬱蒼《うっそう》と茂った森が広がっている。

祖母の偉業の集大成でもある『死の森』だ。おそらく何百年経っても色褪《いろあ》せることなく語り継がれていくだろう、伝説の象徴。

ノアが飛行を始めてからだいぶ時間が経つ。

リコリスがようやく口を開いたのは、トラトアニ領が見えなくなってからだった。

「……こんな簡単に素性が知られちゃうなら、やっぱり連れてくべきじゃなかったわね」

独り言めいた呟《つぶや》きには、ゼルクトラ本人が反応する。

「確かに足手まといにしかならなかったが、俺はついてきてよかったぞ。友人との旅行など初めての経験だったから、新鮮で楽しかった」

「旅行ってあんた……」

不穏な事件に巻き込まれたし、若い命を救うために散々精神をすり減らした。祭りも満喫できないまま逃げるように飛び出したのが現状だというのに、恐ろしいほど前向きだ。これが天然の実力だろうか。

呆《あき》れ交じりの笑みを浮かべながらも、思い出すのは大嫌いな幼馴染《おさななじ》みのことだ。

思い出すというより頭から離れてくれない。強い執着のにじむ表情に、ねっとりと絡みつくような視線。幼い日、リコリスを嘲《あざけ》った少年と同一人物とは思えないほどに。

震えだしそうになって、体を包む温《ぬく》もりに意識が向いた。見慣れた黒髪と青灰色の瞳《ひとみ》にひどく安心したリコリスは、空の上にいるせいにして背中にしがみつく。

「……ねぇ、事前に謝っておいていい？　まずいことをしでかした予感がするの」

懺悔《ざんげ》にも似た口調に、ゼルクトラ達はしり込みをした。

「そのような言い方をされると、こちらも構えてしまうのですが」

「できることなら聞きたくないが、どうした？」

なるようになれとリコリスが取り出したのは、一見何の変哲もない書物だ。濃緑の革の装丁には表題が書かれていない。

「あの男は私を軽んじてるから、報酬なんてもらえないと思ったの。でも人命救助のためとはいえ、秘薬まで使ったのよ。ただ働きなんてあり得ない。可哀想な被害者一家じゃなく次期盟主からぶん捕るのは理に適《かな》ってるでしょ。これを取引材料にして迷惑料をせしめるもよし、売り払ってもよし。そう考えてたのよ」

リコリスは流れる水のごとく言いわけをまくし立てた。

そもそも、レナルドにおびき出されいいように利用されておしまいだなんて、魔女としての矜持《きょうじ》が許さなかったのだ。

滞在中は自由に動き回れた。使用人は少なく、何よりレナルドの父親が不在だった。

だから、案外簡単だったのだ。

ゆっくり表紙をめくってみせれば、ゼルクトラが凍り付いた。そこには、前国王と十二の盟主の署名がしっかりと記入されている。

「もしや、独立宣言書……？」

彼の呟きに、ごうごうと唸《うな》りを上げる風さえ止《や》んだ気がした。

長い長い沈黙のあと、溜《た》め息をついたのはノアだ。

「あなたはつくづく、どこまで考えなしなのか……。まさか、独立国の証《あかし》である宣言書に手を出すなんて……」

「私だって今猛烈に後悔してるわよ」

目先の欲に目が眩《くら》んだが、執着の片鱗《へんりん》を見せつけられた今となっては持っているだけで恐ろしい。本気で地獄の果てまで追いかけられたらどうすればいいのか。

「あの男に、リコリスと会うためのいい口実を作ってしまったな……」

「私、知っております。このような会話も後々の伏線となるのでしょう……？」

「怖いこと言わないでよ……」

ゼルクトラ達の消沈ぶりは予想以上だった。まるで、死地へと仲間を送り出すかのようではないか。縁起でもない。

リコリスとしては死なば諸共《もろとも》という気持ちで白状したので、その時は彼らも道連れだと思っている。何だかんだ助けてくれるはずだ、たぶん。

「――よし。ノア、行き先変更！　今日は王都で飲み明かすわよ！」

リコリスがことさら明るい声を上げると、ゼルクトラは目を瞬かせた。

「突然どうした？　一昨日《おととい》散々飲んだのに、飲み足りなかったのか？」

「飲んだくれキャラ定着させようとするのやめてよね。今回はかなり頑張ったし、自分へのご褒美くらい必要でしょ？　というか、嫌なことは飲んで忘れるに限る！」

レナルドのことなど思い出せなくなるくらい飲み、歌って騒ぐのだ。酔ったゼルクトラが酒場の主人と踊るところがまた見たい。

それ以上の有無を言わせず、リコリス達は王都に到着した。

遠目に見た時と変わらず多くの人で賑《にぎ》わい、雑然としている。

目に付いた酒場に入りエールで乾杯をした。

子ども扱いの葡萄《ぶどう》ジュースにノアは不満そうだが、こればかりは仕方がない。子羊の煮込みと、鶏《とり》レバーの肉だんごが入ったスープを頼んで黙らせる。

「大人は根セロリのサラダと、腸詰めでも食べましょうか」

「大人でなくても十分おいしく食べられるものばかりだな」

「ノアはこういう時、高級なものや森で手に入らない新鮮な食材を食べたがるのよ。私達は質素にいきましょう」

「一応これでも王族だから、手持ちは多いつもりだが……」

不思議そうに首を傾げるゼルクトラに、リコリスは追加のエールを注文しながら返す。

「分かってないわね、あんた。こういうところで金貨は無粋よ。小銭はあるの？」

返事に窮するゼルクトラの様子を見ていれば、察することは容易だ。リコリスは運ばれてきたエールの片方を渡し、生温《なまぬる》い笑みと共にもう一度グラスを合わせた。

「……あの宿屋の夫婦、今頃気落ちしてるでしょうね。自慢の娘だったみたいだし」

気立てのいい娘を自慢する、普通の父親だった。店内のキルトを手作りする母親は、家庭を守るしっかり者に見えた。

酒場でフロナを構っていた酔客達の楽しそうな声まで甦《よみがえ》ってきて、リコリスは目を伏せる。彼らの日常を壊したのは自分だ。

「……以前にリコリスが言っていた通り、身勝手な人間とは本当に恐ろしいものだな。平気で人を傷付けられるせいか、自分の浅はかな行為によって身近な人間もまた傷付くということが、分かっていない」

グラスを置きながら、あくまで客観的にゼルクトラは呟く。

感情が込められていないからか、自業自得と突き放しているようにも聞こえた。

自業自得、なのだろう。

全てはフロナが選んできた道で、今回の事件はその結果にすぎない。それほど大きくない街でのこと、遅かれ早かれ彼女の所業も明るみに出ていたはずだ。

とはいえ彼女の家族や周囲の者の心情を考えれば、どうしたって胸が痛む。

感傷的な気分でグラスに付いた水滴を眺めるリコリスの傍らでは、ノアとゼルクトラがどこか胡散臭《うさんくさ》い笑みを交わしていた。

「何か言いたいことでもあるのか、ノア殿?」

「いいえ。どの口が、だなんて微塵《みじん》も思っておりませんよ」

「では、今度は俺がお互い様という言葉を贈らせてもらおうか」

「……あんた達って本当に仲良いわよね」

リコリスは頬杖《ほおづえ》をつきながら半眼になった。楽しそうで何よりだ。

ノアは改まった様子になると、リコリスを穏やかな眼差《まなざ》しで見つめた。

「なんにせよ、あなたが気に病むことではありません。次期盟主の性格はともかく、あそこに住む人々の心は温かい。今回の件であの夫婦が落ち込んだとしても、それを放ってなどおけないでしょう」

使い魔に言われて、お菓子屋の夫婦や本屋の主人の顔が浮かぶ。豪快な笑い声や、励ますように肩に置かれた手の力強さも。

「あの人達に挨拶《あいさつ》もしないで街を出たのは、結構心残りね。もっとたくさん話したかったし、祖母のことも聞きたかった」

慌ただしくトラトアニ領をあとにしたため、別れの挨拶さえできなかった。レナルドに会うのが怖くて何年も不義理をしたが、またこっそり会いに行けば温かく迎えてくれるだろうか。

多少元気を取り戻したリコリスは、思案げにしているゼルクトラに首を傾げる。

「どうしたのよ？」

「以前、クレアという少女が森から弾《はじ》かれたと聞いて、ずっと考えていた。その……彼女は妖精《ようせい》に追い出された、と言っていただろう？」

彼は珍しく躊躇《ためら》いがちというか、迷っているような口調だ。

頭の中に正解はあるのに、どう言葉にすればいいのか分からないとでもいうような。

「森の中で悪事を働けば、妖精は人に害をなすとも言っていたな。ならばもし、森が戦場になっていれば、王国軍独立軍を問わず相応の仕打ちがあったはずだ」

「まぁ、そうでしょうね」

「もしかしたらお前の祖母は戦争を止めようとしていたのではなく、森を守りたかったのではないだろうか。ひいては――森で暮らしている大切な孫を」

「――――」

もどかしげに語るゼルクトラに、リコリスはゆっくりと目を見開いていく。

妖精は、人の情など加味しない。

彼らは時として平然と牙《きば》をむく。どれほど残酷なことだろうと行ってしまえるのは、時間や命という概念がないためだ。

人間にとって大切なものでも簡単に切り捨てることがままある。棲家《すみか》を荒らす存在であればなおさらだろう。ゼルクトラの言う通り、もし森が戦場になっていたらたくさんの犠牲者が出たはずだ。何より、妖精達の手によって。

一方でリコリスにとって、妖精は慣れ親しんできた善き隣人でもある。

窓辺にミルクとハーブ入りのクッキーを置いていれば、いつの間にかなくなっていた。たまに小さないたずらもするけれど、困っている時はクッキーの礼にと助けてくれた。探していたハーブの群生地を教えてくれたり、おいしい蜂蜜《はちみつ》をくれたり。

そんな彼らが人の命を蹂躙《じゅうりん》する。

リコリスには、受け入れられなかったかもしれない。遊び場でもある住み慣れた森で、たくさんの人が死ぬことも。

ノアは静かな眼差しでこちらを見つめている。否定しないということは、ゼルクトラの推測は正しいのだろうか。

祖母の行動原理がいつも分からなかった。

気まぐれに人を助けもするし、無慈悲に見捨てもする。

それでも戦争を止めようとしたのは、命を軽んじていなかったことの証明だと捉《とら》えていた。多くを語らず去っていく背中。何かを切り捨てる覚悟をした瞳。

――お祖母《ばあ》ちゃん……。

本当は、リコリスはずっと、独立闘争に関わった全てが嫌いだった。

王族も共和国の盟主達も――戦争を終結に導いた祖母エニシダも。

大好きだったのに、突然冷たく突き放された。裏切られたような気持ちだった。

多くの命と秤《はかり》にかければ当然の選択。

称賛に値する行動だったのだと、そう考える以外悲しみを呑《の》み込む方法はなかった。祖母ではなく、伝説の魔女として誇ればいいと。

あの勇気が、戦争を止めるためでなく、たった一人の孫の心を守るためのものだったなんて。至極利己的なものだったなんて、一体誰が考える。

不意に、祖母の温《ぬく》もりに包まれたような気がした。

森を歩く時必ず繋《つな》いでくれた手も、温かな笑顔も、怒った時の眉間《みけん》の深いシワも。全て祖母の愛のかたちだった。

大好きな木イチゴジャムのレシピにしたってそうだ。

薬草を摘んでいるとついこぼれる鼻歌。大鍋《おおなべ》に材料を入れるタイミングや、煮詰まってきた秘薬をかき混ぜる力加減。

ふとした仕草一つとっても、思い出さない日なんてないくらい。

祖母が与えてくれた全てが、この身に沁《し》み込んでいる。

英雄なんて望んでいない。

ただ側にいてくれればよかったのに。

視界がぼやけそうになって、リコリスは慌てて顔を俯《うつむ》かせた。

「フードで見えないのだから、涙を我慢する必要はないと思うぞ」

「エニシダはいつだってあなたを見守っていますよ」

「くぅ……二人がかりで泣かせにかかるんじゃないわよ……」

というか、使い魔の台詞《せりふ》はなかなかに意味深長だ。

妖精が暮らす世界へと旅立ってしまった祖母だが、ノアには姿が見えるのだろう。だとすると、『いつだって見守っている』というのもあながち比喩《ひゆ》表現とは言いきれない。

リコリスは、不思議な気持ちでゼルクトラを見つめる。

感情に乏しく、そのためか心の機微にも疎かった。

そんな彼が他者の心情を推し量るなんて、ものすごい進歩ではないだろうか。しかも本来なら彼を救うはずだった魔女の心を、あっさり救ってしまうなんて。

人生の岐路に立つ者に選択肢を与えるのが、『賢い女』の役割だと思っていた。

けれど魔女もまた、こうして他者と接することで変わっていく。

変えられていくのだ。

「……私は、好きでいていいのかな。伝説の魔女じゃなく、ただのお祖母ちゃんとして、慕っていてもいいのかな。全然お祖母ちゃんみたいになれてないけど……」

祖母がいなくなってから、初めて素直に『お祖母ちゃん』と呼ぶことができた。

偉大な背中は遥《はる》かに遠い。

いつまで経っても祖母のふりで隠れようとする、不出来な孫だけれど。

ゼルクトラは弱い心を見透かすように笑いながら、力強く頷《うなず》いた。

「リコリスはリコリスだ。善き魔女であると、胸を張っていればいい」

求めていた答えが、すとんと胸に落ちていく。

開いていた心の穴が、ようやく埋まった心地だった。

伝説の魔女という存在に一番縛られていたのは、世間ではなくリコリスだったのかもしれない。祖母を演じてまで自分を殺してきた。

ずっと誰かに、認めてほしかったのだ。

祖母は祖母。リコリスはリコリス。ありのままでいいのだと。

「……何か、このままあんたに借りを作っておくのも癪《しゃく》だわ。そういえば、ゼルクトラが魔女の棲家にたどり着けるほど強く求めたものって、結局何だったわけ？　内容次第では叶《かな》えてあげないこともないわよ」

自死のための【毒薬】を譲る気はないが、彼のために何かできることをしたい。

偉そうに顎《あご》を反らしながらも、リコリスは珍しく殊勝なことを考える。

ゼルクトラは、綺麗《きれい》な青灰色《せいかい》の瞳《ひとみ》を見開いていた。

そして次の瞬間には、ほどけるように破顔する。表情の乏しい彼にしては劇的な反応にリコリスの方が戸惑ってしまう。

「――あぁ。そうか」

クスクスとおかしそうに笑いながら、彼は噛《か》み締めるように呟《つぶや》いた。穏やかな表情は、どこか救われたようでもある。

「リコリスは何も気にしなくていい。望んだものは、手に入っている。お前がこうして名前を呼んでくれるから、それだけでもう十分だ」

「はい？　そんなの、いつも呼んでるじゃない。もっと欲深くなってもいいくらいよ」

何かおかしなものでも食べたのか、言動が支離滅裂だ。それとももう酔っているのか。怪訝《けげん》に思って最大限に眉根《まゆね》を寄せるリコリスとは対照的に、ゼルクトラはいつになく晴れ晴れと笑った。

「では、せっかくだしフードを脱いでもらおうか」

「せっかくって何よ!?」

リコリスは条件反射でフードを守る。

ゼルクトラはレナルドと違い、強引な手段に出ることはないだろう。金色の瞳にも怯《おび》えないと分かっているのに、やはり長年の癖は抜けない。

彼は不思議そうに目を瞬かせた。

「そうして隠す意味は、本当にあるのか？　綺麗な瞳なのに」

「平凡顔に対して、簡単に綺麗とか言わないでくれる？」

「お前のよさは外見ではない」

「……ってそれ、見た目はいまいちって念押ししてない!?」

褒め言葉と見せかけながら貶《けな》すとは、恐ろしい罠《わな》だ。

一瞬照れかけて損した。

笑いを堪《こら》えきれていないノアをじろりと睨《にら》みつけてから、ゼルクトラを見つめる。全く他意はなかったようで、彼はあどけなく首を傾げるばかりだ。

「まぁいいわ、今日は無礼講よ。乾杯！」

「使い方が間違っておりますけれど、乾杯」

「ノア殿に限って言えば合っているのでは？　乾杯」

少し温《ぬる》くなったグラスを掲げれば、水滴がぽたりと落ちる。

その後も三人は、数えるのが面倒になるほど何度もグラスを合わせた。

青い空に茜《あかね》が差し、やがて星が輝くまで。

あとがき

はじめまして、あるいはいつもありがとうございます。浅名《あさな》ゆうなと申します。

このたびは『死の森の魔女は愛を知らない』をお手に取っていただき、本当にありがとうございます。

本書は、ずっと森に引き籠《こ》もっていた魔女リコリスが、様々な出会いを通じて強くなったり、楽しくお酒を飲んだくれたりする物語です。

実はこのお話、元々は現代日本ものでストーリーを考えていて、そちらでは主人公の祖先にあたる大魔女がリコリス、という設定でした。いつの間にかがっつり西洋風ファンタジーに変わり、しかも主役にまで上り詰めるなんて……。恐ろしい子です。

とはいえ、今はまだまだ未熟なリコリス。その成長ぶりを見ていただけると嬉《うれ》しいです。

ここからは謝辞となります。

担当編集様には、今回も本当にお世話になりました……。

いつもタイトルノープランの私を助けてくださるのですが、今回は編集部の皆さまにも、たいへんお世話になりました。候補を絞り部内でアンケートを取ってくださったエピソード、お手を煩わせてしまった申し訳なさはあれど、ちょっとほっこりしました。

イラストを担当してくださった、あき先生。こんなにもイメージ通りのリコリスを描いてくださって、本当にありがとうございます！　大人になりきれていない感じが表情からも伝わり、グッときました！

そして、校正様。カバーデザイン担当様、印刷所の方々、書店様。弱音を聞いてくれた家族や友人。この本の出版、販売に携わってくださった全ての方々に、心から感謝いたします。

何より、読者の皆さまのおかげで、こうして小説を書き続けることができています。

本当に本当に、ありがとうございました！

浅名ゆうな

富士見L文庫

死《し》の森《もり》の魔女《まじょ》は愛《あい》を知《し》らない

浅名《あさな》ゆうな

2021年2月15日　初版発行
2022年2月5日　4版発行

発行者　青柳昌行
発　行　株式会社 KADOKAWA
〒102-8177　東京都千代田区富士見2-13-3
電話　0570-002-301（ナビダイヤル）

印刷所　株式会社 KADOKAWA
製本所　株式会社 KADOKAWA
装丁者　西村弘美

定価はカバーに表示してあります。　◆◇◇

●お問い合わせ
https://www.kadokawa.co.jp/（「お問い合わせ」へお進みください）
※内容によっては、お答えできない場合があります。
※サポートは日本国内のみとさせていただきます。
※Japanese text only

ISBN 978-4-04-073988-5 C0193